JN147058

鷹女への旅

三宅やよい

創風社出版

鷹女への旅

目次

鷹女への旅

成田の表参道に 1998 年 建てられた鷹女のブロンズ像

プロローグ

夏痩せて嫌ひなものは嫌ひなり

「夏痩せて嫌ひなものは嫌ひなり」。前面に押し出される烈しい自我。近づけばぴしゃりとやられそうな断定の強さ。こうはっきり言われては、二の句が継げない。

デリケートな表現を愛し、平穏をよしとする俳人には苦手な人も多いだろう。回りの俳人に聞いてもストレートに「鷹女、いいねぇ」と膝を乗り出す人より、「鷹女、うーん、いいんだけどねぇ…」と語尾を濁す人も多い。

山本健吉が四Tと並び称した中村汀女、橋本多佳子、星野立子。彼女たちの句を年代順に読んでも鷹女ほど句集ごとに俳句が変化しない。自分の感受性を通して移り変わる季節を受けとめ俳句に詠むやり方ではなく、鷹女の場合自分の存在を賭けて突きとめた言葉で俳句を詠むことが何よりも重要だったのだろう。

「墜ちてゆく　炎ゆる夕日を股挟み」「千の虫鳴く一匹の狂ひ鳴き」後年のこうした句は彼女のそうした側面を強く打ち出し、近寄りがたい強さを感じさせる。しかし「みんな夢雪割草が咲いたのね」「鞦韆は漕ぐべし愛は奪ふべし」「白露や死んでゆく日も帯締めて」など鷹女の句の多くは一読忘れがたい印象を残す。言葉と言葉を掛け合わせたイメージが鮮明であり、言葉のリズムもいい。冒頭にあげた「夏痩せて嫌ひなものは嫌ひなり」も鷹女自身の自我の表明であるとともにリフレインが効果的で「夏痩せ」と言えばこの句がすぐに頭に浮かんでくる。

鷹女は言葉の達人だったのだ。練磨された言葉を生み出してゆく彼女がどのように俳句と出合い、そしてその作風が変化していったのか。まずは鷹女の俳句の背景とその作風の変化を年譜を追いながら見てゆきたい。

第一章　成田時代

おほかたは仏門にまし秋の人　（ふる里詠草）

霊地として知られた成田の町は狭いところではありますが、かつて荒い風雨に見舞はれたこともなく、人々の心も春のやうな和かさであります。ふる里を離れて生活してゐる者に取り、故里は常にうるほひの泉です。母のふところです。ともすれば荒みゆかうとする私共の心をしづかに清らかに守りいつくしむでくれる処が故郷の外にあらうとは思ひません。路傍の草の葉揺れにさへそのかみの日の夢は愛しくもまざまざと浮び出づるではありませんか。よきふる里を持つ私は幸福でございます。

（「鶏頭陣」　昭和十年十一月号）

父　三橋重郎兵衛

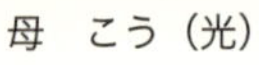

母　こう（光）

鷹女にとってこんなにも懐かしい故郷成田とそこでの生い立ちをしばらくは追ってみたい。

新勝寺貫主石川照勤は、明治三十一年アメリカ、ヨーロッパをめぐり欧米の学校と教育制度を視察して明治三十三年帰国。成田五大事業といわれる教育文化事業を起こした。これによって成田中学校、女学校、図書館、幼稚園、感化院が建設された。鷹女の父重郎兵衛は新勝寺重役でもあり、成田市助役を務めた人物でもあった。娘を当時は珍しかった幼稚園に入れ、成田女学校に通わせたのも、自分がこの事業に深く携わっていたからだろう。

三橋家には数代に亘って歌人が出ており、この家に養子に入った重郎兵衛も号を「文彦」

として短歌をたしなんでいた。祖父貫雄、曽祖父鶴彦も短歌に造詣が深かった。父の出身である神山家には田園歌人と呼ばれた神山魚貫がいる（父文彦はこの歌人の弟子であった）。幕末から明治の初期にかけて活躍したこの歌人は師匠を持たずに独学で歌を作り上げた人だそうで、この孤高の精神は鷹女につながる。その名は近在のみならず日本全国に渡っていたようだ。

こうして、鷹女は幼い日から、和歌の朗詠を耳にし、枕元に置かれた六曲屏風の色紙、短冊に和歌のちらし文字を眺めながら、眠りについたと、自筆年譜に書いている。この屏風は寝るときに頭の周りに巡らせるぐらいの大きさで、三橋家の話によると鷹女が成田の家を整理したとき懇意の近所の家に引き取られたという。父、兄ともに短歌をたしなむ鷹女の生家の雰囲気を思うと、鷹女が言葉に鋭敏で、言葉の持つ力を何よりも大切にした根底には幼いころからの文学的素養があったのだろう。

明治三十八年成田幼稚園が設立されると同時に鷹女は入園する。まるで鷹女の成長にあわせて成田の教育環境が整備されてゆくようだ。一般の庶民が子供を小学校にやるのがせいいっぱいの時代に、幼稚園は珍しかったろう。全国から連日のように参観者が来たという。モダンに完備した園舎に毎月二十円の給料をもらう保母が園児達の面倒をみた。（明治三十五年東京の中心地で亡くなった子規の月給は四十円だった）

この幼稚園は成田小学校内にあったそうで、鷹女の自宅からこの小学校まではけっこうな距離がある、もともと病気がちだった鷹女も幼稚園、小学校と子供の脚には遠い道のりを通うことで自然と丈夫になったのだろうか。欠席も少なかったようだ。写真を見ると目鼻立ちの整ったかわいらしい顔をしているが、大人があやしてもにこりとも笑いそうにないきかぬきが、そのまなざしの強さに感じられる。

余談だが、この時期、近くにある成田中学校には明治四十一年から四十四年にかけて「赤い鳥」の鈴木三重吉が教頭兼英語教師として赴任している。漱石門下でも有名な喧嘩っ早さを持つ三重吉は同僚達にも手を振り上げ、授業は厳しくどしどし落第させるので反発した生徒達が大規模なストライキをしたりしている。前述の新勝寺住職石川照勤は理事であったが、三重吉の才能を高く評価していたので辞めさせることはなかったが、三重吉は自分から教師稼業に見切りをつけ、以後文筆生活に専念することになる。

「学校は不動さんの寺で立ててゐるのだ。不動さんは年々三十五万の浄財を得る。その中で幼稚園、図書館、女学校、中学校を立ててゐる。而も宗教的の分子は更らにない。土地はみんな宿屋ばかり」と成田の印象を書き記している。(「三重吉と成田」)

石川照勤は見識の高い人であったので教育事業を完成させるために東京から優れた人材を抜擢していたのだ。明治四十五年に鷹女は成田高等女学校に入学。恵まれた環境のもと、多感な少女時代を送ることになる。

女学校は男女共学で育ってきた人には想像もつかない場所だろうが、異性がいない女子ばかりの学園生活というのも案外気楽なもの。そこでの生徒の傾向を大まかに分けてしまえば、女ばかりの親密な雰囲気にどっぷりひたって過ごせる人と、競争相手が女だけに限定された生ぬるい世界に物足りなさを感じてしまう人に分かれるように思う。

日本の女学校の歴史は明治十五年、東京女子師範学校（御茶の水女子大学）付属高等女学校設立より始まった。明治三十二年各都道府県にその設置を義務付けた「高等女学校令」をもとに各地に続々と女学校が設立された。成田高等女学校も雨天体操場（今の体育館だろうか）の増設を条件に認可された千葉県下最初の私立高等女学校である。

当時まだ女子が教育を受けられる場が少なかったこともあって、他府県からの受験者も多かった。明治三十一年の尋常小学校への女子就学率がようやく五十パーセントに達したことを考えると、それより上の高等小学校、それから女学校と進学する女子はよほど家庭が恵まれていて女子教育に理解があるうちの子女と考えられるだろう。そう思うと鷹女とほぼ同時代の汀女やしづの女など、地方に住む女学校出の女性俳人は言わば特別な環境にあったといってもいいだろう。御茶の水出身の久女などエリート中のエリートで喧伝されたプライドの強さは当然といえば当然の学歴の高さだった。

鷹女の通った成田女学校の生徒心得には「学芸を修むる智徳を養ひ、他日良妻賢母たるの基を作らんが為」という教育目標が掲げられている。これは当時としては当たり前の考え方で国の方針そのものが「貞淑温和な婦徳の涵養を中心内容とする良妻賢母主義に基づき、家事、裁縫、芸事中心の女子教育を施した」(「日本大百科全書」)というものだった。

このことは後の鷹女の俳句を考えるうえでも重要ではないかと思う。一見我が強く、意のままに言葉を駆使した句を作るかに見える鷹女ではあるけど、「良妻賢母」の精神は抗い難く彼女の芯の部分を形成しているように思えるからだ

この女学校創設者の石川照勤を鷹女は昭和十年成田新更会館で「鶏頭陣」の俳句大会を開催したとき、むかしを述懐して次のように書いている。

> 事につけて想ひ起されますのは、故石川大僧正の神々しい御面影です。御ン手もて吾が幼き前髪など御撫で慈しみくだされ給うた大僧正がしみじみ御懐しう存ぜられます。

この石川照勤は成田の基礎を築いた人物として今も成田の人々から尊敬されているが、鷹女も限りなくこの人物に心服していた様子。石川氏と敬愛する父が心血を注いで設立した女学校の教育方針に従順であることに何の矛盾も感じることはなかっただろう。鷹女は幼稚園のとき同様、女学校の誕生直後に入学している、小さい頃から一貫して父が携わる新事業の実験的体

現者でもあったのだ。試行錯誤を重ねながらよりよい教育をという女学校の熱意は父の熱意でもあった。鷹女は父の愛を一身に受け止めてその強い感受性をこの成田の丘で育てていったのだ。

女学校は三方を断崖と堤に囲まれ、秋は紅白の萩がいっぱいに枝垂れ咲くので、萩学校などと呼ばれていた。

図書館への石段

鷹女が語るこの女学校は現在の成田高校である。卒業生にオリンピックハンマー投げの室伏広治やマラソンの増田明美がいるとか。成田山公園の東側に位置するこの学校はなるほどちょっと小高い丘の上にある。もちろん当時の面影はほとんど残っていないが、正面玄関からみるととても明るい印象の高校だった。女学校のあった場所は付属小学校の位置にあたる。この学校の前の道を通って西に歩けば鷹女の家の前に出るわけで、その道筋はほとんど変わっていない。鷹女の家があったあたりから裏山へ向かえば、成田図書館、新勝寺公園、と道は続いてゆく。

女学校時代の鷹女について次のような記述がある。

　鷹女は数学、英語、図画などを好み、作文は得意でなかったといわれている。スポーツはテニスが好きで、同校校庭の一段低いところにテニスコートがあり、熱心にコートに足を運んでいたという。

（『成田ゆかりの人物伝』）

白い体操着を着て、木製のラケットでボールを打ち返す活発な少女。サーブやボレーには持ち前の勝気な気性が現れただろう。放課後毎日練習して、友達とたわいもない話に興じながら肩をたたきあい、おしゃべりしながら女学校前の坂道を下って帰る。活発な少女時代の鷹女を想像するのも楽しい。

鷹女がその青春時代を行き来した道は、昼間でも少し薄暗い感じがする。鬱蒼とした大木が生い茂る石段を中ほどまで上ると、崖の斜面に図書館とおぼしき小さな建物がある。裏のあたりに幼稚園があるのか、時折子供が走り回る細かい足音と賑やかな声が聞こえてはくるが、姿は見えない。不動ヵ丘を散歩し、また図書館で文学書を読む日々。まだ俳句には縁のない生活だったが、鷹女はこの界隈に散歩に出かけていたようだ。

夏藤のこの崖飛ばば死ぬべしや

自注によるとこの句の成立には、学校も含む不動ヵ丘の崖裏とその崖を覆いつくす藤の花房の光景が引き金になっている。

わたしの故郷、不動ヶ丘の小高い崖裏に、五月も半ば頃になると、その崖肌を覆ひかくして咲き競ふ純白の無数の藤房―例へやうもないあの壮観さを眼底深く描き起こしつゝ、句成らず。苛々とかなしい。

（自註十句「俳句研究」昭和十三年八月）

鷹女が学校に通った大正の初めごろはこの裏山は公園として整備されていたわけもなく崖がむき出しだったのだろうか。今は丘の上とおぼしき公園に上がって下を見下ろしてみても、木立の隙間から街並みがうかがえるくらいで展望はひらけていない。公園は広くて高校の裏側まで歩いては行かなかったが、季節になれば鷹女が見た景色の一端でも感じることは出来るだろうか。

自宅の裏山は不動ヶ丘と呼ばれ、大木の杉林や松林、梅林もあって、いつも散歩を楽しんだが、あたりを逍遥する白面の僧侶たちの姿に出逢うことも珍らしくなかった。

春昼の僧形杉にかくれけり　　原石鼎

右一句は、大正八年頃、石鼎先生が当地に一泊された折詠まれたものであると、後日、先生から直接お聞きしたことがある。

（三橋鷹女略年譜「俳句研究」）

当時の静かに奥深い不動ヶ丘の林の雰囲気が感じられる文章である。公園として整備された今でも人気があまりなくて、ひんやりとした感じのする場所なだけに、この林の暗がりから頭を青く剃りあげた若い僧がふっと大木の陰から姿を現せば面妖な気持ちになるだろう。

女学校卒業後の生活を彼女自身が作成した略年譜（「俳句研究」昭和四十六年二月号）からこの地にいた頃の思い出を引いてみよう。

同校（成田高等女学校）卒業。少女時代から歌を作り、図書館通いもよくしたが、文学少女というほどのものではなく、女学校教育が、当時のいわゆる良妻賢母式であったので、卒業後二、三年間は文芸一般の稽古事に明け暮れた。当時〝夢二の女〟が通る、という陰口をよく耳にしたが、事実、そう言われるような蒲柳の質の娘であったらしく、髪は束髪か、時には桃割れ、紫矢絣の着物に、麻の葉しぼりの昼夜帯を好んで常用した。

痩せ型で夢見がちな潤んだ瞳を持つ鷹女が長い髪を束髪に結い紫矢絣に胸高に帯を締めた姿はさながらに夢二の描く大正ロマンの少女そのものであったろう。「夢二の女」という評判は鷹女のその容姿が夢二の描くなで肩で細身の独特の女性像と似ていたからだと思っていたが、「宵待草」のヒロインのモデルと言われる長谷川カタが実際に鷹女の住んでいた田町の近くに住んでいたそうである。

まてど暮らせど来ぬひとを
宵待草のやるせなさ
こよひは月も出ぬさうな

夢二の詩に曲をつけて、大正末期一世を風靡した「宵待草」。このモデルの長谷川カタと夢二は明治四十三年（一九一〇）の夏を銚子の海鹿島で偶然めぐりあい、交際が始まった。悪い噂が広まり、カタと夢二との関係が深まるのを恐れた両親はほどなくカタを成田高等女学校に教諭として勤務する姉シマの元へ行かせたようだ。年代からいうと、鷹女がちょうど女学生の頃。

それにしても、近所に住んでいたカタの存在を鷹女は知っていただろうか。夢二の詩と夢二の描く女は「夢二式美人」として明治末期から昭和初期にかけて大人気だったそうだし、夢二をめぐる恋の噂話もいろいろ喧伝されたことだろう。

カタの話が成田で語られるようになったのはだいぶ後からのようであるが、当時はともかく後年に書いた年譜にすらカタの存在にはひと言も触れずに「夢二の女」と陰口をたたかれたと書くところに鷹女が自分の容姿に持っていたひそかな自負も感じられる。

飯笹の山の山ゆり咲く頃は
　ひとたびかえれ　そのかみの日に

海苔焼けば磯の香ぞする君が住む
　三浦岬の　波の音ぞする

この二首は成田中学に在学していた父の友人の子息岡本富郎に送った手紙の中に書き記された鷹女の短歌。鷹女は成田に知り合いのいなかったこの人の面倒をよく見てあげたそうだ。男女が親しげに話したり、肩を並べて歩くのさえ「はしたない」と噂される時代だったけど、鷹女は周りの人の思惑など少しも考えることなく白昼堂々と下宿を訪ねていった。岡本氏は後に随筆集の中で次のように回想している。

当時は、現今の世相と異なり年も幼く、ままごとのような男女の交際でも世間の目はうるさく、とかく何かとささやかれたらしい。ことに地方の田舎のこととて、さぞかしうるさく彼女に迷惑をかけたのではないかしらと顧みて恐縮している。けれども、賢明にして心やさしかった彼女は、世間のことなど少しも意にとめず、人目を忍ぶという卑劣な態度はみじんもなく、おおらかに私の下宿に訪れ一輪の花を机上にさし、時には珍しい菓子を恵んでくれた。彼女は私とは異なり文才に恵まれ、ことに当時和歌に堪能であり、私に独歩、一葉の文学を解説し、トルストイ、ロマンローラン、ゲーテなどの外国文学の手ほどきさえしたのも彼女であった。

（『成田ゆかりの人物伝』）

同年代の男子との交際でも鷹女はリード役である。岡本氏との交際は短期間であったようだが、短歌の「君」という呼びかけに鷹女の淡い恋心が感じられる。鷹女の初恋だろうか。父に愛され、しっかりとした二人の兄に囲まれて育った鷹女は異性に臆するところがなかった。

大正五年、成田高女を卒業した鷹女は、國學院大學で国文学を専攻していた兄慶次郎をたよって東京に出る。

この兄は三橋家の系譜を濃く受け継いで和歌を作るのに才があった。兄が師事していた与謝野晶子、若山牧水に鷹女も私淑し和歌を作り続けた。年譜には鷹女が東京に出て何をしたのか具体的に書かれていないが、女学校を出て働くでもなく、兄の下宿にいて和裁など習いながら結婚前ののんびりした時期を過ごしていたのだろう。卒業してから結婚までのこの時期、鷹女の短歌を見てみたいと思うのだが、残念なことに作品は残っていないようだ。この兄は後に俳句を作り、夫謙三とともに俳人鷹女の形成に大きな影響を与えた。ちなみに三橋家の墓のそばにある鷹女の句碑の真裏にはこの兄の句が彫りこまれているそうだ。

大正 11 年　謙三と鷹女結婚

第二章　俳句への目覚め

蝶とべり飛べよとおもふ掌の菫

鷹女は二十二歳、大正十一年に千葉県館山市歯科医師東謙三と結婚。翌年に長男陽一を出産。そしてその年の九月に関東大震災にあっている。

川名大『昭和俳句の検証』には東謙三自筆の「遠藤家、東家、及三橋家の家系大略」に東謙三によって結婚の経緯が書かれている。以下引用する。

たま〳〵歯科治療のため来院（千葉館山の那古病院）した彼女は成田市三橋重郎兵衛二女三橋たか子であつた。彼女の長兄英治（三井物産社員としてニューヨークに勤務中病の(ママ)

為一時帰国、療養のため隣町の船形町に転地療養中であつて母と共に三人で滞在中であつた。生涯を共にすべき適当な人がなきまゝ三拾歳も過ぎるまで独身を続けて来た私であつたが、彼女を知り、両親、兄達とも相識るようになりようやく結婚生活に入る決心をしたのであるが、（以下略）

結婚後も鷹女はそのまま病気療養中の長兄英治と母親とともに館山に住んでいたが、関東大震災で被災することになる。

自宅にいた鷹女は建物の下敷きになり、八ヵ月の陽一を抱いたまま救出されるまでの数時間をじっと耐えたという。この地震は周知の通り東京のみならず関東一帯に大きな被害をもたらした。

鷹女はそのときの出来事を次のように回想している。

私たち夫婦が、彼の海辺に近い家の松の木に、その年も最初の鵙の鋭い鳴き声を二こゑ三こゑ聴いたあの日…小供は生れてやつと八月。私は昼餉の仕度に余念もなかったが！恐ろしいあの大地震が湧き起つたのであつた。そして、どの家もどの家も、積木の倒れる様に倒壊していつた。地獄の底のやうな惨たらしい幾時を、私は過したのであつたか…。私は気を失つてはゐなかつた。足を拉がれ、嬰児を抱きしめた私が、崩れ落ちた土蔵造りの母屋の底から助け出された時は、隣町は炎々と燃え上り、轟々と鳴りどよむ海鳴りに続いて、余震の波がなほ絶え間なく襲ひ来るのであつた。夫の経営してゐた母屋つづきの病院では、医員の一人が、無残にも押し潰されて廂の下から曳き出され、別棟の病室では、重病患者が二人までも圧死してゐた。ほんとうに夢のやうな瞬間の出来事であつたのだ。

（『鴫』）

鷹女の父は家族と鷹女の身の上を案じ、成田から数時間かけて見舞いにやってきた。汽車も不通になった道を何十キロも歩いて会いにきたという。

鷹女が俳句を始めたのはこれより四年後、昭和元年のことだった。震災で移転して東京の早稲田大学の近くに謙三が開業したことは鷹女にとっていいきっかけだったようだ。俳号は東文恵。父の和歌の雅号文彦にちなんでつけられた幼名の文子によるものだろうか。夫と、鷹女、長兄英治、次兄慶次郎とともにパンフレットによる句作生活に入る。そして二年後の昭和三年、王子俳句会つるばみ吟社に入会。近所の句友とともに「早稲田クワルテット句座」を自宅で開催した。若い夫婦の華やぎのあるサロンがこの名前からは感じられる。震災のあと東京はますますモダンに、都会に集まる大学生や若者を中心にした大衆文化が花開いてゆく。そうしたモダニズムの雰囲気が鷹女の自宅付近にもあったのだろう。

「短歌もいいけど、俳句もなかなかおもしろいものだよ」

俳句の世界を何も知らない鷹女をまずその世界にいざなったのは「鹿火屋」に句を投じ始めた夫謙三だった。

すみれ摘むさみしき性を知られけり

蝶とべり飛べよとおもふ掌の菫

この頃作られたとおぼしき鷹女の作はこの二句ではないだろうか。(「蝶飛べり」の句は『向日葵』の巻頭に収録)

鷹女は同じテーマでいくつかの句を作る。まとめかたは新興俳句がのちに試みた連作というより一つのテーマを自分の感情を軸に様々な角度から眺め、対象を深めてゆく手法である。そして自分が女であることを「さみしき性」と規定する考え方。処女作に早くも鷹女の資質の一端が伺える。

可憐さに惹かれて摘んでしまった菫、摘んだ直後はみずみずしく可憐であるがこのまま萎んでしまうものを、ふっと気の沈むやるせなさと、傍らに飛び立つ蝶。その姿に菫を重ね、鷹女は思わず掌にある菫に「飛べよ」と呼びかける。

この頃の鷹女の句は「思い」を中心とする短歌での詠嘆をそのまま俳句にスライドさせているかのようである。「おもふ」とまで言ってしまうのは俳句として言い過ぎであったとしても鷹女にとっては省きようのない言葉であっただろう。自分の思いを「もの」に託し微細な表現のニュアンスを色付けしてゆく俳句特有の表現方法をまだ身につけていなかった鷹女は持ち前の一途さで、先輩格の夫や兄に熱心に質問し、黙々と句を作り続けた。

代々和歌をたしなむ生家の環境。文学を志向した兄の庇護。それに引き続き結婚したあと俳人である夫の導き。

女が学問をするだけで世間があまりいい顔をしなかった時代に、鷹女は幸せな環境にあった。鷹女より少し上の杉田久女などは、芸大出の画家である夫と結婚しながらも、夫との相克、家庭の維持と俳句活動の葛藤にいつでも身を引き裂かれていた。この時代俳句にかかわった女性達を思うにつけ、その不自由さは想像するに余りある。家に訪ねてきた男客を応対するのにも気を遣う時代に、句会や吟行に出歩き、家事も手につかないほど身を入れて句作をしたり文章を書くことに、連れ合いや家族がどのような反応をしめしたのか、今からは想像も出来ないぐらい大変だったろう。

女が職業を持って自立できない以上経済的には夫に頼るしかない。趣味で手掛けるならまだしも、女の本分である（と、男が考える）もろもろの家事や育児をないがしろにして俳句に熱中することにいい顔はしなかったと思われる。

我が強そうに見える鷹女だがそのあたりの気遣いは充分にあったようだ。四十歳ぐらいまで、自宅で句会を開催することが多かったのも歯科を営む謙三への配慮であっただろうし、原石鼎の「鹿火屋」や小野蕪子の「鶏頭陣」等、結社の入会、退会、行動はいつも夫と一緒であった。鷹女の夫の謙三と鷹女の家庭での俳句生活について息子三橋陽一氏は次のように述べている。


三橋（陽一） 震災ですべてを失って家計といいますか、非常に苦しい生活で、父の歯科医の方も、本当に看護婦もなしに随分そっちに献身しておって、なかなか俳句をやる暇もなかったと思いますけれども。多少私が物心ついてからは、句会に私も一緒に連れていってもらったりして、俳句を二人で一生懸命やって、二人でやっているというのは、本当に俳句の話ばっかりしていました。でも、まあいい家庭婦人で、よい母で。私も俳句をそんなにやっているということは、本当に物心ついてからも、そんな意識はないほど、やっぱり家庭というものを非常に大事にした。

（『市民が語る成田の歴史』）

陽一氏の妻、絢子さんの話によると、鷹女は裁縫も料理もうまくて、料理などは夫の持って帰ったもの、外で食べたものは味をみただけでそのとおりに作ることができたという。口にするだけで作り方から材料までわかってしまうセンスを持ち備えていたのだろう。

家庭の切り盛りも謙三と相談しながらも、鷹女が中心になって動かしていた。歯科医は自宅で開業しているのがほとんどで、その経営と維持についても妻は重要な役割を持つ。

三橋（陽一）内助の功というか、患者さんを大事にしましてね。よくお茶を出してました。診察が終わると応接間でどうぞお話くださいと、母がお茶を出したりとか。それで非常に俳句の方でも新しい人を知ったりね、俳句仲間もそういうことで、患者さんで来た人も結構あるんですね。そういう内助の功も随分あったんですけれども、何か患者さんが来ると、とにかく応接間へ行って話しているというのが、私が子供ながらにも見ましたね。患者さんが来るとお茶を飲むのが普通なのかなと思うくらいに、

（『市民が語る成田の歴史』）

謙三は無口なうえに、稼業に熱心ではないタイプの医者だった。前述の息子陽一の話によると「患者をたくさん集めて賑わせるというのは嫌いで多少痛い思いをさせても、よそへ一月通う患者を五日ぐらいで治しちゃう」という離れ業は、さしずめ丹念に歯を削って微に入り細に入り治療せずに、悪いとなればさっさと抜いてしまうという態度を想像させられる。商売っけのないそんな夫の仕事を鷹女は内助の功で補おうとしたのかもしれない。人嫌いともいえる孤高を保っていた印象のある鷹女だけど、気遣いの行き届いた妻だったようだ。

「鹿火屋」入会

昭和三年
王子俳句会、つるばみ吟社（「鹿火屋」及び「雲母」系）を知り入会。
昭和四年
かねてから石鼎先生の吉野時代の作品に魅せられていた私は、「鹿火屋」に入会。麻布の〝石鼎窟〟を訪れ、初めて先生の謦咳に接した。また、石鼎選・東京日日新聞俳句投句欄に投句。「鹿火屋」及び「日々俳壇」に夫と競詠したのも、この時代であった。

（三橋鷹女略年譜「俳句研究」）

昭和四年、鷹女が所属を決めた「鹿火屋」の原石鼎は大正の初めホトトギスに投句した吉野の句によって虚子に認められた新進俳人だった。

石鼎の吉野時代の句は『進むべき俳句の道』などに取り上げられ、その斬新で新鮮な表現は当時の若者達に大きな影響を与えている。水原秋桜子の『高浜虚子』には、俳句は時世に遅れて退屈なものだと考えていた彼が俳句に眼を開くきっかけになったくだりが書かれている。

東大の二学年の試験前、図書館で勉強しつゝ退屈のあまりに借りて読んだ高浜虚子の著書『進むべき俳句の道』は、私の俳句観を全く訂正せしめる内容を持っていた。それはホトトギスの主要作者の句を評釈したものであるが、中でも渡辺水巴、村上鬼城、前田普羅、飯田蛇笏などの句には精彩があり、殊に新進原石鼎の華麗に新鮮なる作風は私の心をつよく惹きつける力があった。

頂上や殊に野菊の吹かれ居り

風呂の戸に迫りて谷の朧かな

磐石をぬく灯台や夏近し

秋桜子が述懐するように、これら石鼎の句は「殊に」という従来の俳句におさまらない言葉がそのまま用いられた新鮮さ、磐石を「ぬく」といった力強い表現の斬新さなどが当時の若者を惹きつけた。石鼎主宰「鹿火屋」は大正十年より発行された。

「鹿火屋」は美しい雑誌で、展示会をして絵を売るほどの力量のある石鼎が表紙と裏表紙に美しい彩色で絵を描いている。俳句文学館で私が目を通したのは鷹女が在籍していた昭和四年から九年までの期間のものであるが、一年間同じ絵柄であるが表表紙は色刷りを変えながら、裏表紙は季節にあわせて雀や、粽など書き分けられている。小野蕪子(ぶし)、永田竹の春などが中心的な執筆陣で雑詠投句欄には加藤かけい、永田耕衣などの名前も見える。昭和初期の「鹿火屋」はホトトギスに次ぐ勢力を誇っていた。

雑詠欄に投句している会員数も多く、「鹿火屋」のバッグナンバーから鷹女(この当時の俳号は文恵)の名前を見つけるのもひと苦労だった。文恵(鷹女)の名前が見つかると自分の名前が載っているのを見つけたような嬉しさが湧き出てくる。鷹女もこんな気持ちで毎号手にした雑詠欄の名前を指で追っていたのかもしれない。

昭和四年一月号には夫、剣三の「山茶花の日向に鞠をつく子かな」が、吟行句として掲載されている。鷹女こと文恵の句は夫に遅れること五ヵ月、昭和四年五月五日に行われた東日鹿火屋春季俳句大会（二百人参加）で互選八点を集めた三位で入選して二句掲載されている。

葉桜や豊かにたれし洗髪　（八点）　※『魚の鰭』収録
葉桜や急がぬ旅を夫と子と　（四点）

　このときには石鼎選には入らなかったものの互選で三位の票を集めた美貌の女性俳人の登場は人々の関心を惹くのに充分なものだっただろう。小さな集まりでこつこつ俳句を作っていた鷹女の華々しいデビューの日だった。
　このときから「鹿火屋」雑詠欄で夫婦が競って投句する時代が始まる。初めて鷹女が石鼎選、雑詠に一句入選したのは昭和四年七月号だと思われる。

　相反く人等うつくし春の宵

次に昭和四年十月号

虫ばめる蕗の広葉や更衣　（文恵）
ぬりかへてボート伏せあり月見草　（剣三）

十一月は鷹女は一句、剣三は二句

からたちの咲けばうぶすな祭りかな　（剣三）
萩の花颪におくれてこぼるあり

そして十二月号はともに二句選

新涼やみどりつぶらに芋畑　（文恵）
うたゝねの唇にある鬼灯かな　※『魚の鰭』収録

鷹女の句集の自選の基準を考えるうえでもこうした雑誌を時系列に沿って検討してゆくのもおもしろい。先生の選を経て句集を編纂していない鷹女にとって俳句の出来不出来は主宰による評価ではなく確固として鷹女の中にある自分の基準にかなうことが大事であったように思われる。その基準とは何か。夫婦競詠の時代に作られ、のちに鷹女が句集に収録した句の数々を見ると、鷹女は自分自身の美意識を反映した言葉で彩られた句を好んでいるように思う。葉桜の句で言うと、葉桜に映し出されるのは家族でゆっくりと旅をした思い出よりも、たっぷりと水を含んで豊かに黒い自らの洗い髪である。続けて二人の名前を追ってゆこう。

昭和五年
一月
水仙の芽に降る雨や炉を開く　（剣三）
二月
舞ひ終へてこんじきさむし獅子頭　（文恵）　※舞ひ終へて金色さむし獅子頭『魚の鰭』収録
落葉踏むかそけきものに藁雀かな　（剣三）
三月
初夢のなくて紅とくおよびかな　（文恵）　※『向日葵』収録
はしきよしはらから連れて嫁ヵ君　（文恵）

夫婦競詠時代の鷹女と剣三

白鶏のゆるゝとさかや石蕗の雪　（剣三）

この頃は夫婦ともに雑詠欄に入選する数、質ともにあまり差はなかった。文字通り夫婦競詠の時代である。しかし入会して三年目、鷹女のみずみずしい叙情と鋭敏な感覚は目に映るものを「写生」する剣三の句とは違い、はっきりと自らの感性と自分の美意識に基づいた言葉で俳句を形作るようになっている。そのみずみずしい表現に、いちはやく目をとめた石鼎と同人達の高い評価と注目を受けてゆくことになる。

これらの俳句が掲載されている「鹿火屋」の作りであるが、八十年前の俳誌は今の結社誌とその枠組みはほとんど変わっていない。ホトトギスを原型とする俳句誌の型が既に出来上がっていたのを感じさせられる編集だ。

軽いエッセイに似た俳文。評論。主宰の選評。同人を中心とした座談会形式の合評会も掲載されている。座談会は大正十二年頃、菊池寛が初めて試みた、という話を聞いたことがあるがこの時代すでに一般的であったのか？　何人かで磊落に話をすすめるうちに思わぬ考えや感想が飛び出したり、話にはずみがついての思わぬ展開に意外性があるからだろうか。

この時代の「鹿火屋」はホトトギスの庇護を受けていないちょっと風変わりな個性を持つ主宰を中心によくまとまりながらも自由活発な集まりといった印象を受ける。石鼎の病気という爆弾をかかえながらも「鹿火屋」がホトトギスを脅かす勢いのあった時代でもあった。

鷹女の「鹿火屋」での五年間は俳句修行といった面持ちのある作品がたくさん並んでいる。結社で学ぶとは主宰の句風を体現し、自らの個性をじんわり俳句表現に染み出す修練をすることなのか。多くの俳人は結社に属し主宰の選を受け、句を通じてさまざまな批評を受ける中で、俳人としての輪郭を浮かび上がらせてゆく。鷹女のこの五年間も石鼎の指導を受け、「鹿火屋」の先輩俳人の指導を受ける。そうした時期であるように見受けられる。

※

蛤となりしゆふぎり雀かな　　文恵

昭和六年一月の雑詠で採られたこの句について永田耕衣が評した文が昭和六年二月号の「鹿火屋」に載っているので引用してみよう。

この句をみて私は曾て私の戯作の対話の中で雀が海に落つこちると蛤になるさうだ、といふ一齣を用ひたことを直ぐ思ひ出しました。―中略―
そのウイットの如何に東洋詩美に富んでゐるかを、又その爛漫平和の中にも古人がいかに現代人におとらず配合の美を悟るに新鋭の感を以つてしたかをあたらしく味つけて見たいと思ひます。次の文を以つて見らるるも雀が蛤に早変わりするのは作者の手柄では無論ないのですがゆふぎり雀といつたところにこの句の価値が新鮮づけられてゐると思ひます。

永田耕衣が述べているように古来からの小話を鷹女自身の機知に富んだ感性で情緒深く転化させせた、斬新な「ゆふぎり雀」という言葉に着目するあたりに、後の耕衣の在り方を伺うことができる。縦横無尽な機知は鷹女の得意とするところであるが、もうこの時期から彼女の俳句の特質として花開いているのがわかる。

この年、鷹女も夫剣三も順調な成績。毎号、三句欄に仲良く肩を並べている。この頃の二人の作は次のようなものであった。

吹雪やんで輝き出でし樹氷かな
白いんこ目覚めてありぬ除夜の鐘　（剣三）

繭玉のさくら色より明けにけり
蒼空のあをきを知れる子猫かな
セル地買ふや緑蔭といふ名のありし　（文恵）　※『魚の鰭』収録

夫婦ともにこの「鹿火屋」をどんな気持ちで開いたのだろう。自分の名前を見つけ、そして互いの伴侶の名前を近くに見つけたときは喜びが倍になったことだろう。「いつでも俳句の話をしている」（陽一談）夫婦は、落選したときにはどこが駄目だったのか、厳しい句評を交わしたかもしれない。いずれにせよ剣三も文恵も俳句に夢中だった。しかし、東京例会の句会において石鼎の講評を得たのは文恵が先だった。同号、例会での石鼎講評で彼女の句三句は次のように評されている。そのうち一部を引用したい。

寒雀茎の石より飛びにけり　（文恵）　　※『魚の鰭』収録

茎つけをするあの重もし石から寒雀が飛んだといふ事は、只これだけのことでありながら何となく面白い。何で面白いのか一寸言葉で表しにくい、かういふ事に親しみ興味を持つ事が、所謂俳句を作る者の最も好むところのものであるからでもあらう。

石鼎は鷹女の俳句の感性のよさを褒め上げている。個性ある俳句を生み出す前にも鷹女の俳句における資質は非凡だった。石鼎が指すところの「俳句を作る者の最も好む」微妙な勘所「他の形式では一寸もとめがたい」「他の形式で容易に表しにくい」勘所をすぐに習得してしまったとも言える。

この頃、東京の下宿で鷹女に短歌の指導をしてくれた次兄慶次郎を昭和六年三月に、鷹女をこよなく愛し慈しんだ父重郎兵衛を昭和七年一月三十日に、相次いで失っている。鷹女の墓に行きその墓標を調べて疑問に思ったのは鷹女自身が作成した年譜に父の没年を昭和六年一月としていること。石碑の裏には

重郎兵衛　文彦　行年　昭和七年一月三十日

と刻まれている。没年は三橋家家系図を見ても確かであると思うが、年譜は鷹女の思い違いだろうか。この父の死後すぐ（「鹿火屋」七年三月号）に「文恵改め鷹子」と俳号文恵を鷹子に改めることが掲載されている。

文恵から鷹子へ

文恵の文は父のつけてくれた幼名文子、父の和歌の雅号「文彦」にもちなむものである。本名のたかに「鷹」の字を当てたのは自分を可愛がってくれた兄と父の庇護なきあと、自分自身の翼で力強く飛び立とうとする決意の表れではないか。昭和七年十一月、この父の新盆の句が雑詠欄三席の成績を収めている。

白々と暁はさみしき切籠かな
白玉の露にぬれたる切籠かな　※しら珠の露に濡れたる切籠かな　『向日葵』収録
有明の松にかかれる切籠かな　※有明の松に懸かれる切籠かな　『向日葵』収録

流れゆく瓜のお馬よ水に月　　　　　　　※流れゆく瓜のお馬や水に月　　『向日葵』収録
百聯の提灯ゆくや魂送り　　　　　　　　※百聯の提灯ゆくよ魂送り　　　『向日葵』収録

この句は特に愛着があるのか、数ある句の中から選りすぐって作った処女句集『向日葵』にも「父逝きて半歳生家に新盆を迎ふ」という詞書とともに五句収録されている。「鹿火屋」時代の俳句のほとんどは第二句集『魚の鰭』に収録されているものの俳人として勝負をかけた第一句集ではほとんど捨てられている。その事実を考えると、この句群は異例の扱い。それだけ鷹女にとって大切な句であったともいえる。この句群のうち

流れゆく瓜のお馬よ水に月

特にこの句について、昭和七年十二月号雑詠句評の座談会でも取り上げられている。石鼎と同人達のやりとりの一部を引用してみよう。

石鼎　私は時刻としては日が暮れて程ない頃と思ふ。「流れ行く瓜のお馬よ」とあつてその瓜のお馬の形も色彩も眼に見える様である。そして「水に月」とあるから、恰度流

「鹿火屋」堀切菖蒲観賞
左より五人目　原石鼎。二人おいて鷹女

れて行く淀みの処に月が移つて居ると考へる。一体お馬を流す時刻は此の地方の習慣では何時頃であらうか。次の句の註より推せば十五日夜である。私の郷里の方では昼でも流す様である。

十字　私の方では朝流すと思ひましたが。

杜藻　僕の郷里では旧暦十五日の夜に流す。従つて僕としては「水に月」とあつて満々たる月影が水に映じて居ると想像される。

早茅子　水に月といふ言葉から月影の淡くうつつてゐる様に考へられます。

石鼎　一体十五夜の月の出る時刻、入る時刻はどうであらうか。

しげる　十五夜には有明月はありません。

早く上がるでせう。

石鼎　流す瓜のお馬が夕方でないとするならば、月の晩の満々たる月光を考えることが至当である。併し、此の句の最も好い美しい光景としての解釈は前にも述べた通り、「流れ行く瓜のお馬よ」迄考へ、次に「水に月」を考へ、瓜の形、色を想像し、そして何処かの淀に今出たばかりの月の映るのを見るといふのが一番よい。

—中略—

石鼎　一体お盆の句に、流れゆく瓜のお馬、迄はよくある材料である。此句では矢張りこの「よ」と「水に月」といふ下五に情景の主点があつて、その部分が少し趣きを異にしてゐる。（棒線、著者）

師、石鼎はかなりのスペースを割いて鷹女の句に言及している。この「瓜のお馬」が他の人が流したものであるのか、自分のお馬を流して愛着を持って呼びかけているのかひとしきり議論があったあと、石鼎はこの「よ」という呼びかけに最大限の賛辞を尽くしている。

たとえ自分が流した「瓜のお馬」でなくとも人が流したものであっても自分が流したごとくにみて「あれは瓜のお馬よ」と親しげに見るところにこの句の優しさがあり、句全体の色調から行っても「よ」でなければならない、と座談のやりとりで強調しているのである。それなのに鷹女は『向日葵』収録の際に惜しげもなく中七で「や」で切れる形に変えて句集に収録している。敬愛する父の新盆に流して瓜のお馬は抒情に彩られた単なる風景であってはならなかった。「よ」が「瓜の馬」一般への甘い呼びかけにとられてしまうのも嫌だったかもしれない。父の新盆に際し、もっと強い思いを持って流した馬を限定する形で書き換えたのだろう。

師や同人の評価よりも鷹女にとっては自分の感情をより直截に俳句に反映させて表現することが大事であったのだろう。俳人の多くは師を絶対視するあまりそのエピゴーネンになってしまう。現在でも主宰のきらいな季語を使わない、言葉遣いも主宰の好みに合わせる、師の添削には絶対服従の結社も多くあるだろう。鷹女は自分がよしとする俳句のエッセンスを師から自分の中に取り込むのに最大限の努力はするが、あくまで自分自身の内部の声に忠実で自分がよしとする道は見失わない。この一つの助詞からも鷹女の矜持を読み取ることができる。

これまで鷹女と夫謙三（剣三）は雑詠に掲載される回数は五分五分であったが、父の死を境に鷹女俳句はどんどんその資質を伸ばしてゆく。年譜によると鷹女はこのころ牛込市ヶ谷に転居。自宅で「牛込」句会を結成し、月例句会を開いている。鷹女に言わせると「まだ俳句は遊びごとに過ぎなかった」（「俳句研究」年譜）そうだが、その俳句に表れる感性のみずみずしさ。そして、言葉のセンスの点で鷹女と夫とは目に見えて格差がつき始めた。

剣三の句はこうした場で講評されることはなかった。いわば「俳句らしく無難な」百の句群からは抜けられぬごくありふれた俳句だったのだろう

鷹女誕生

そして翌昭和八年七月号より俳号を鷹子より鷹女と改め、堂々の巻頭を占めている。

うち開く香のとりぐ〳〵や香り傘
すずらんの香はしけやし香り傘
龍王を描きし日傘も香り傘
日のもとの乙女よろしも香り傘
とつ国の娘もぞかざせば香り傘

「香り傘」とは日傘の類で香料が仕込んであり開くと香るようになっているそうである。昭和五、六年ごろからデパートで売られだしたらしい。八月号での同人杜藻の評によると夏の季

題として採り入れて作句したのは鷹女が初めてらしい。「調子も暢びやかで気が利いてゐて香り傘といふやうな伊達なものを詠じるにふさわしい。即興の句であるがいかにも作者の才気が溢れてゐる」とほぼ絶賛である。

結社で巻頭を取るということは、結社での地位がある程度不動のものとなることだ。昭和九年八月には立葉会吟行と称して、「鹿火屋」の女流俳人七人と原石鼎と連れ立って堀切の菖蒲観賞に出掛けている。

千輪の花を上げたり白菖蒲

鷹女はこの句以下五句が石鼎選の筆頭に上げられており、ぴんと髯をはねあげた石鼎を中心に池のそばで撮った写真にも鷹女らしき人の姿が認められる。鷹女はもはや「鹿火屋」内部では押しも押されぬ中心俳人の一人であった。

それが、この次の年、「俳句研究」自筆年譜によると昭和九年、「鹿火屋」に思いを残しながら両人退会。東鷹女と改名になっている。前述のとおり、「鹿火屋」に在籍している昭和八年に既に東鷹女を名乗っているのである。「鹿火屋」退会を機に改名したというのは、鷹女の思い違いか。

それにしてもこの唐突とも言える脱会は不思議だ。他に何か理由があるのだろうか。この頃は冒頭に記したように、牛込に転居したのを機会に「牛込句会」という月例句会を自宅で開催。菖蒲園吟行のあとも、昭和九年十二月号までは鷹女も「鹿火屋」に順調に句を出し続けている。「鹿火屋」での彼女の成績と石鼎の着目の仕方を見ていると、鷹女自身この結社での自分の位置に不満があって退会したとは思えない。この頃の彼女の作風を見ていると石鼎の独特な感性やものの見方と共鳴している、座談会の評言を読めば、石鼎は鷹女が伸びてゆこうとする俳句の方向を見定め、言葉づかいの機微まで汲み取っているのがわかる。

ほかの俳句についてもたびたび石鼎は鷹女俳句を取り上げているが、鷹女自身も気がついていないであろう、細かい言葉の使い方に自然美への鋭い感応力を読み取りその能力を高く評価した句評を誌上に書き連ねている。

この師のもとでそれなりに鷹女自身も自分を伸ばせたのではないか。「思いを残し」ながらもこの結社を去ったのは、なぜだろう。この頃の石鼎は俳句だけでなく俳画展も催しそれが次々に完売になる勢いであった。石鼎年譜によると「昭和八年一月号は二百三十四ページという大冊で創刊以来の記録となる」と記述があり、真鍋博士より重篤な病気の診断を受け二、三年しか持たないと虚子に告げられた（『原石鼎』小島信夫の記述による）症状も深刻化することもなく良好な健康状態を保っていた。この頃の石鼎の俳句もまた、脂が乗り切っており、代表句を次々とものにしている。

松過ぎてなほきさらぎを心かな
春宵や人の屋根さへみな恋し
雪に来て美事な鳥のだまり居る

少なくとも原因は「鹿火屋」にあるとは思えない。退会の理由は夫剣三が昭和四年より「鹿火屋」にいた小野蕪子が主宰する「鶏頭陣」同人となり投句の中心を移したがためではなかろうか。このころの鷹女は、いくら独立心があるとはいえ、夫と別に一人「鹿火屋」に席を置き続けることはできなかっただろう。(鷹女が単独で所属を決めたのは戦後からである)

新興俳句「京大俳句事件」などでどす黒い噂を残す小野蕪子ではあるが、「鶏頭陣」に移ってからの鷹女はのびのびと自分の個性を開花させ、当時の俳壇が注目する俳句を次々と発表してゆく。

「鶏頭陣」の時代

俳句文学館でも「鶏頭陣」は「鹿火屋」に比べて残っているバックナンバーが極めて少ない。ほとんど飛び飛びにしかない。これではこの時代の概要を掴むことはできない。「紺」にいたっては一冊だけだった。ともかく残された雑誌を読み進めてみよう。

鷹女とその夫剣三の移籍した「鶏頭陣」の小野蕪子は京大俳句事件に関連して黒幕と噂される人物である。大正十年、石鼎は小野蕪子発行の「草汁」を譲り受け「鶏頭陣」「平野」「ヤカナ」三誌を合併して「鹿火屋」を発刊した。小野蕪子も昭和の初めまでは有力同人として「鹿火屋」の中で選を請け負ったり、文章を書いたりしている。それが昭和四年には再び自分の主宰する「鶏頭陣」を発足させている。小野蕪子が石鼎のもとを去ったのは昭和五年頃。歩行に困難をきたすほど進行した石鼎の病気も原因の一つだったかもしれない。

小野蕪子の亡くなった昭和十八年五月号を見ると、虚子、誓子、秋桜子をはじめ俳壇の大御所たちの追悼文が掲載されている。放送局の文芸部長を勤めたこの人は、当時の俳壇の有力者でもあった。大政翼賛運動の文芸面での推進運動を推し進める彼が内務省筋に反戦的俳人についての情報を流しているのでは、という見方が当時からあったのは、次の文章からもわかる。

確かに、たとえば、早くも昭和十一年十月の「京大俳句」誌上で平畑静塔が諏訪望の筆名で「鶏頭陣主幹の選句後記に依れば、近来俳句の危険思想に対して当局が目をつけるの事故吾等は清く豊かな俳句に進まう云々と云ふのがあつた。主幹は帝都の某官営文化事業にたづさはる人であれば、この言は相当確な筋からの聞き書きとしていいだらう。」と、書いていることからみて、小野蕪子が早くから当局との何らかのつながりを持ち（直接にしろ間接にしろ）情報を得ていたことの裏付けはとれる。その後、昭和十五年の「京大俳句」弾圧、昭和十六年の四誌一斉弾圧と続く弾圧事件の流れの中で、小野蕪子が国家権力と通じ、その力を弾圧というかたちで新興俳句を中心として、「ホトトギス」の中村草田男氏などを含めた俳壇・俳人のうえにふるうようになっていったことは、既に俳句弾圧研究史上明らかにされていることである。

（川名大「京大俳句」弾圧事件のNと西東三鬼）

小野蕪子については、「西東三鬼のスパイ説」訴訟裁判の原因にもなった小堺昭三の『密告』（昭和俳句弾圧事件）、永田耕衣をモデルにした城山三郎の『部長の大晩年』にも自分が弾圧の対象になるのではと釈明を兼ねて小野蕪子宅に訪れる草田男や耕衣が応接室で彼を待つ緊張の様子が描かれている。

面会を謝絶されることは不穏な表現活動をしている俳人であると規定され、逮捕される状況に追いやられることでもあった。軍部と結びついての絶対的権力を当時この人物は握っていたらしい。

どうして鷹女はこのような人物のところへ、と疑問に思うかもしれないが、鷹女同様永田耕衣も同じ時期にこの人のもとに身を寄せている。骨董から書、絵にかけて見識のある趣味人だったようで、「鶏頭陣」の裏表紙も石鼎同様、自分で描いている。鷹女と剣三は同時期に「紺」という同人誌にも参加したが、この同人誌は短命で鷹女も女性欄の選句を中途で辞退したようである。

昭和十年九月十九日。鷹女は小野蕪子を故郷に招いて「蕪子先生歓迎俳句大会」なるものを開催している。場所は現在の新勝寺裏手にある公園の池の側にあった新更会館、現在はもう残っていない。成田の名士の一族の子女として生まれた鷹女は故郷に帰り、父が献身的に仕えた石川昭勤の面影をしのび、存分に蕪子と鶏頭陣の俳人達をもてなしている。参加者は八十七名。俳句で詠みたいものは「孤独」と答えた後の鷹女からは想像もつかないが、若き日の鷹女は句会、吟行、大会主催の幹事と機動力を存分に発揮していたのである。

このときの俳句大会でも鷹女は一〇点を獲得して上位入選している。

秋風やほむらをあげし曼珠沙華
秋風の吹くとて濃ゆき口紅を

最初の句について、主宰の燕子はこれらの句に最大限の賛辞を尽くしている。

　これはいい句だと思ふ。一茎の花は不動の火焔を見るやうだ。支那人は秋風の事を金風といふ。秋風の感じは金だ、金色だ。その秋風の中に曼珠沙華がほむらをあげてゐる、即ちあの小さな花が、ほむらをあげてゐるといふのである。われらはこの句に金風中の花を見、且つ不動を見る。

「鶏頭陣」において鷹女は評判の俳人だったようだ。鷹女にとって「鶏頭陣」に移った昭和十一年は、「鹿火屋」で培った俳句を土台に鷹女独自の感性が一気に花開いた年だった。十一年二月「雑詠を語る」という座談会には夫剣三とともに参加して同人の句についての忌憚のない意見を述べている。

十一年六月号においては、雑詠欄で巻頭となり、林厨子なる人によって「鷹女さんといふ人」という作品、人物評が掲載されている。このときの文章は「鶏頭陣」に所属する男の俳人から当時の鷹女がどのように見られていたかを伺い知るのにおもしろい文章である。

強靭で開放的で実は煮えきらない（ぼくには見え透くやうに思ふ）鷹女さんの詩情には誰もが眼を見はり現にわれわれ身辺にも讃嘆のこゑが高くて困るのであるから僕はあまりに誉めないで誉めたかけなしたか判らぬやうに心がけてみよう。

右のような前置きで始まる作品評で鷹女の代表作とされるものが五句取り上げられている。

春泥をいゆきて人を訪はざりき
夏痩せて嫌ひなものは嫌ひなり
つはぶきはだんまりの花きらひな花
笹鳴きに逢ひたき人のあるにはある
日本のわれもをみなや明治節

（※「鶏頭陣」昭十一年六月号　林厨子「鷹女さんといふ人」文中表記のまま記載）

これらの句は発表直後から人々の耳目を集め、評判となり彼女が個性豊かな新進女流俳人として認められていたことがわかる。この評論の中で厨子は鷹女を「特異性のはつきりした」「不思議な強靭さ」をもつ人物として描いている。

鷹女さんの特異性は殊に近ごろに至つてその精華をきはめてゐる。仮にぼくはこれを奔流の美といふ。さだめしこの美には誰しもひとまづ困惑するであらうがそれは持主が女性だといふことに主因する。鷹女さんは芸術や人生に甘へることの出来る人ではなさそうです。対象や感懐を自己の奔流の中へ巻きこんでともに美事に流れゆく人である。（中略）

そして、前掲五作品のうち「笹鳴きに逢ひたき人のあるにはある」について厨子は次のように述べている。

「あるにはある」がべつに強いて逢はうとしないところに笹鳴きを聴きいる鷹女さんの偉さがある。鶯のやうにか弱い孤独感がどうせ逢つたつてつまらないといはせてしまふ。面と逢つては案外言葉の出ない鷹女さんではあるまいか。万一雄弁であつてもそれは詩情のみの然らしむるところであらうやうに思はれる。

同じ句について昭和五十一年、飯田龍太が述べた部分を引用してみよう。

女流俳句が、質量ともに盛大をきわめて来た昨今はともかく、四Tといわれた、当時、女流の多く、身辺即事をたおやかに詠った。時に繊細に、時に華麗に。女性がもっとも女性らしい姿を示したとき、俳壇はこぞって讃辞を呈した。

— 中略 —

卓上の花として眺めるためには「逢ひたき人のある」で止めなければいけない。「あるにはある」とつけ加えられては、男性のこころを冷やす。だが、鷹女さんは、冷やそうが目をそむけようが、そう言い切らねば承知しないひとだったろう。

(『三橋鷹女全集』昭和五十一年)

二つの論評を比べると、龍太は鷹女の全作品を俯瞰できる立場にあるせいか、「あるにはある」に厨子よりも強い意思、自立性を読み取っている。厨子は鷹女と実際に面識があり、時代感覚としての女性像にだぶらせてみている部分があり、はっきりと主張できない遠慮があるのだろうと推察している違いがおもしろい。どちらが鷹女のこの句の心情に迫っているかはわからないが、鷹女は龍太がこの論評に続けて言っているように、「女性であることを示すよりも、俳人であることを優位に置いた」方向に進もうとしていた。

※

同年十月「俳句研究」に鷹女は自身の感覚と性に根ざした連作「ひるがおと醜男」を発表した。

ひるがほや人間のにほひ充つる世に
ひるがほに電流かよひゐはせぬか
ひるがほにをとこ婬らの夢を逐ふ
鼻のない男にみえるひるがほが
ひるがほに愚かとなりてゆく頭痛
しんじつは醜男にありて九月来る
九月来る醜男のこゑの澄みとほり　※九月来る醜男の声の澄みとほり『向日葵』収録
九月来る醜男の庭に咲く芙蓉
九月来る醜男のかたへ明く広く
九月来る醜男が吾にうつくしい

この時期の鷹女は「鹿火屋」でたおやかにおとなしく包み隠していた「女」が一気に開花する勢いである。厨子が読みとったより遥かに鷹女は大胆だった。この連作もひるがほが鷹女自身の化身、男の存在が醜男と断じられているために余計エロティックな存在感を持って描き出されている。「ひるがほ」は鷹女の身体を通してまったく異質のものに変貌して世界に現れ出たかのようである。この同時期はモダニズム詩の影響を受けながらも、高屋窓秋を中心に様々な表現方法を模索している最中であった。昭和十一年代の彼らの作品を引いてみよう。

アダリンが白き艦隊を白うせり　西東三鬼
折るふねは白い大きな紙のふね　渡辺白泉
あをぞらが玻璃をあふれてくる机　小沢青柚子
夢青し蝶肋間にひそみゐき　喜多青子
歯を磨く青い空気がゆれてくる　富沢赤黄男
月光は魂なき魚を青くせり　村林秀郎

どちらかというと新興俳句に距離のある場所にいた鷹女であったが、口語文体や独自の感性を表現する斬新な表現でおのれの境地を開拓していった点が共通している。この頃の鷹女の作品は連作も多い。直接的な俳人交流はなかったにせよ、総合誌などで見聞きする新興俳句の雰囲気を鷹女の鋭敏な感性が反応せずに見過ごしてしまうわけはなかった。父や兄の庇護にあり「俳句が遊びごとに過ぎなかった」時代から生身の自分を等身大の言葉で大胆に表現することで鷹女は従来の俳句の矩(のり)をやすやすと超えてしまったかのように思える。鷹女は鷹女なりに自分の位置でこの時代の波を受け止めたのだ。鷹女の堂々たる女っぷりの前に青年俳人達の色彩で言えば青や白を基調にした透明な抒情がもの足りなく思えてしまうほどだ。

この号の「俳句研究」には鷹女とともに渡辺白泉も掲載され。巻末には草城と草田多の「ミヤコホテル」をめぐる激しい応酬も掲載されている。鷹女が俳壇に躍り出た昭和十一年は従来の俳句の在り方が新興俳句の台頭によって大きく揺さぶられようとしていた時期でもあった。

夫婦競詠の終焉

夫剣三の句は鷹女と相反して十一年二月以降一句も掲載されていない。俳人の力量に大きな差がついてしまったことは鷹女も剣三もよくわかっていただろう。思う存分力を伸ばしていった鷹女だが、昭和十三年にはこの「鶏頭陣」を退会し、牛込句会も解散。「鹿火屋」同様、将来を嘱望される俳人であるにもかかわらず鷹女はこれ以後結社にかかわることはなかった。俳人同士の夫婦でもあった二人の関係についてご子息の陽一氏は

三橋（陽一）（父は）最初は争ってね、先生に俺の方が何句とられたとか、威張ったり、もともと先輩だったわけだから、俳句はね。けれども、途中からは完全にしゃっぽ脱いで応援者に回りましたね。でも好きだから一緒にやって、批評のしあいはよくやっていました。」

（『市民が語る成田の歴史』）

と、述べている。剣三がシャッポを脱いだのはいつからだったのだろう。彼女がのちに指導するようになった句会の席上で鷹女は夫を必ず「剣三先生」と呼び、常にいっしょに行動していたようである。嫁の絢子さんは二人の関係について次のように語っている。

三橋（絢子） やっぱりいろいろ知識とか何とかね。父の方が助ける面もあったみたいだし、でも母の方は剣三は俳人ではないとおっしゃっていたようですけれども。だか

ら問題にしてなかったというか。そういうふうにお見受けできましたけれども。ただやっぱりいろんな世間的知識とか、そういうものは父が広いですから、そういう面でいろいろとアドバイスを得たりということはあったと思います。

気遣いもあり、物静かで考え深げながらも自分の意思と感情ははっきりと持った女性。まぶしいほどの個性を伸ばし始めた鷹女は四年後、『向日葵』『魚の鰭』二冊の句集を上梓することになる。

昭和十年代前半の鷹女と剣三

第三章　第一句集『向日葵』

亡びゆく国あり大き向日葵咲き

昭和十五年小野蕪子「鶏頭陣」で独自の俳句表現を掴んだ鷹女は句集を発行する。最初の句集『向日葵』は三省堂の俳苑叢刊シリーズとして発行された。このシリーズは昭和十五年の「俳句研究」に綴じ込み広告が載っている。小型本、各冊約百ページ。五十銭の価格がついているが、当時としては画期的な試みだった。渡辺白泉がこの当時三省堂の社員であり、この企画に関係していた。

（渡辺白泉は、）勤務先の三省堂出版部員として、前年来、菊半截判の句集シリーズ「俳苑叢刊」の企画編集に当たっていた。―中略―「俳苑叢刊」は、当時の伝統派、革新派にわたる新鋭俳人の句集を網羅しようとしたものであった。

（『現代俳句の世界16』解説より）

当時の雑誌広告に掲載された俳人のラインアップを見ると星野立子、中村汀女、長谷川素逝といったホトトギスの俳人と並んで東京三と西東三鬼、石橋辰之助といった新興俳句系作家の名前が見えるのが新鮮に思える。このシリーズで第一句集を発行した俳人も多い。鷹女もその一人であった。

ここに初めてアンチ新興俳句といい、対峙しては、互いに閉鎖的であった俳壇を俯瞰するかまえの、このシリーズによって、同じ体裁による句集が競合する、共通のフィールドを持ったわけである。いや、持つ筈であった。しかし、この時宜を得た企画の続刊は、続刊の途中で起きた新興俳句事件の余波をうけ、二十六冊を出し挫折する。

前掲書で三橋敏雄が続けて述べているように俳句弾圧事件はこの画期的な試みに大きな影を落とした。

『向日葵』の発行年度は昭和十五年十月十五日。今ほど個人の句集を出すのが容易でなかった時代に企画されたこのシリーズは昭和九年に創刊した総合雑誌「俳句研究」とともに、ホトトギス以外の作家を世に広めるのに大きな役割を果たしたといえるだろう。この句集で鷹女の作品に初めて触れた人たちも少なくはなかった。

この『向日葵』は自選句集であり、師の序文もない。ただ、簡単な自序があるのみ。

古い頃のものは私の最初の句集である事を意味づける為に、その少数を取り入れるほかはすべて捨て去ることとして、活字になつたもの二千句に近い中から自選し、これに最近の作で未発表のものを択び加へた。（『向日葵』の自序より）

「序」の言葉どおり所収三百四十句の比重は昭和十年以後のものが多く、巻末の「伝」に「従来の俳句に不満寂寥を感じ、敢へて冒険的なる句作を試し初め」と、自身でも書いている通り、「鹿火屋」を辞めてのち「鶏頭陣」や同人誌「紺」に所属する中で書き始めた今までとはまったく違う傾向の俳句を自身の俳句と位置づけていたことがわかる。

年代別に題が付けられているが、「鹿火屋」で評価を受けた昭和十一年までの句では四十四句しか収録されていない。「いそぎんちやく」と名づけられた昭和十年代から比較的手堅い季語との取り合わせやおとなしい俳句的表現から飛躍的に自分を押し出す、斬新な表現に方向転換していることがわかる。収録句について、その表現の特色を見てみよう。

夏痩せて嫌ひなものは嫌ひなり

俳句で「好き」「嫌い」という感情表現をはっきり押し出すことは危険である。ある意味読み手に自らの価値観を押し付け、句の言葉から読み手が想像する幅を制限してしまうことになる。その断定が押し付けがましく思われて俳句を読むトバ口で拒否されてしまうかもしれない——。

しかし、鷹女のこの句に託しているのは好き嫌いの感情表現だけではない。「嫌いなものは嫌い」という日常によく聞く頑是無い子供の言い回しが「なり」という日常から断ち切れた俳句独特の断定表現と一体化してミスマッチなリズムを生み出している。夏痩せてという季語の斡旋は「武士は食わねど高楊枝」のようにことわざ的なフレーズとしても効いている。それだけに理に落ちてイメージに乏しいかもしれないが、季語を中心に日常を叙情的に詠うホトトギス的女性俳句作法からすると、まったく異質な文体の新鮮さを感じさせられる。

鷹女がやりたかったのは自我の主張より従来の俳句表現の殻を破る文体の模索、誰もが俳句で試みたことのない表現。こうした作品は彼女の踏み出しの一歩だったのかもしれない。

つはぶきはだんまりの花嫌ひな花

この句も前掲句と似たような構成になっているが、「だんまりの花嫌ひな花」と「花」のリフレインが、薄暗い日陰にひっそりと咲くつはぶきの花の印象を読み手の心に刻みつける強さを持っている。鷹女の芯にある自分を媒介にして見るもの触れるものを新しく塗り替えてゆくようでもある。

みんな夢雪割草が咲いたのね
風鈴の音が眼帯にひびくのよ
詩に痩せて二月渚をゆくはわたし
煖炉灼く夫よタンゴを踊らうか

新興俳句は自由律俳句や川柳にあった口語表現を俳句の中でいきいきと表現する方法を試みた。その先鋒は渡辺白泉であったが、口語俳句の一番の難敵は「切れ」だと思う。ただの日常の呟きごとに陥ってしまうものをいかに切れの二重構造（切断と飛躍）を生かしながら俳句的広がりを持った文体として昇華させるか。季語とフレーズの取り合わせから出発する第一歩を踏み出したのが鷹女であった。

　　みんな夢雪割草が咲いたのね

「みんな夢」という独り言に近い呟きと「雪割草が咲いたのね」という後半部への飛躍。夢と雪割草を白っぽく儚いイメージで優しく繋ぎとめつつも、この飛躍があるからこそこの句は大きな広がりを持つ。鷹女の小さな呟きから、春を告げる可憐な花が咲きこぼれるような不思議さを感じさせる。

　　詩に痩せて二月渚をゆくはわたし

全体の調子が少々ナルシシズム的に感じられるが、末尾に「わたし」と押し出して切れる形は実に斬新である。この句集で鷹女は主語を省略することの多い俳句では異質とも言える「わたし」（自我と自身が感受する世界観）をはっきりと押し出した。

爆撃機に乗りたし梅雨のミシン踏めり
書き驕るあはれ夕焼野に腹這ひ
夏藤のこの崖飛ばば死ぬべしや

触れれば火傷しそうな烈しい感情が俳句の定型いっぱいに収められている。新興俳句は従来の俳句の「かな」、「けり」、と言った切れ字に変えて、独自の文体を模索しつつあった。「山鳩よみればまはりに雪が降る」（高屋窓秋）「鉄骨に夜々の星座の形正し」（篠原鳳作）昭和九年「恋びとは土龍のやうに濡れてゐる」（富沢赤黄男）昭和十年発表の、これらの句に見られるように動詞、形容詞の語尾で切れるかたち、口語体の語り口調など多彩な句が青年俳人を中心に数々の俳誌に続々掲載された。鷹女は早くもその手法を取り入れている。大胆に言葉を駆使しながらも語感やリズムを大切にしながら一句一句を丁寧に言葉を書き刻んでいる。鷹女は句集『向日葵』を編むことで自分が生み出した文体を堂々と俳壇に打ち出した。

※

昭和十年前後にさかんになった連作の方法も、鷹女の『向日葵』の構成にも大きな影響を与えているように思える。

『現代俳句ハンドブック』を見ると「(連作には)全体の展開を重視した水原秋桜子の設計図法、一句の独立性を重視した誓子の多作構成法・モンタージュ法とがあった」とある。おおまかに当時の連作の傾向を私なりに分類してみた。

一　場所、時間に制限を持たせての構成

二　従来の題詠的発想の連作。(渡辺白泉「山葡萄」)(テーマ詠のようなものか)

三　主題の展開、深まり、(高屋窓秋「おもひ求めて」)

四　小説などのように物語性のある展開(日野草城「ミヤコホテル」)

五　映画的手法、ロング、アップ、モンタージュといった映像性を重視した手法。(山口誓子『黄旗』)　※仁平勝『俳句のモダン』参照

鷹女の連作は一、二の方式での作句方式であり、三の主題、五の構成的要素はあまりないように思われる。

いそぎんちやく

颱風はをとこおみなの住む簷(のき)を
颱風の夜は紺青の絽の寝間着
颱風のしほから海に吹(な)く魚貝
颱風はいそぎんちやくの躍る闇

家の外を吹き荒れる颱風。その音に包まれて家の内にじっとしていると自分が海底に潜んでいるように思えたのか。「颱風」を中心に寝間着の色から海へ、そして海底にイメージを広げてゆく形で作品が構成されている。窓秋や誓子のような方法論的な連作ではないが、季語からばかりではなく、「草原」「鳥屋の店」をテーマに展開される連作の発想はのびやかである。嘱目の「物」や「こと」中心の平板な展開ではなく、その発想の柔軟さとイメージの広げ方に新興俳句で試みられた連作との共通点が見られる。

句集は小題のもとに五句から十句ずつまとめられており、当時の鷹女の代表句とされる多くがこの方法で作られた句群のうちの一句であることは前章で紹介した「ひるがほと醜男」でもわかると思う。

この時代大衆の娯楽として君臨した映画は新興俳句に大きな影響を与えた。絵画から写真、そして映像へ。新興俳句はイメージと、色彩豊かな作品を次々と送り出していったが、鷹女の作品にもそうした試みが見られる。

幻影は砕けよ雨の大カンナ
亡びゆく国あり大き向日葵咲き
雪を来てボーイ新鮮なり地階
まなぶたに花ちる朝は字を習ふ
茱萸は黄に暁さめてゐるちぶさ
冬来るトワレに水の白く湧き

雪の降りしきる町を歩いて、暗い地下の階段を下りてゆく。明るい扉を開けると外に降りしきる雪のように白い上着を着ている若いボーイが迎えてくれる。地下を下りたってドアを開けたときの軽い驚きを「新鮮」と感じる鷹女の感性が印象的だ。

花ちる様とひらがな。滅びゆく国と向日葵。黄色い茱萸と乳房。取り合わせでより個々のイメージが鮮明に描き出される。近代的なモダンな都会の雰囲気も感じられ、鷹女は洋装で東京の街を闊歩することはなかったかもしれないが、当時「モガ」と呼ばれた若い女性の感覚と共通するものを持っていたのではないか。
　鷹女の句にある色の取り合わせの鮮やかさは「鹿火屋」時代に画家でもあった石鼎から学んだことが多かっただろうが、そのセンスが都会的に洗練され古い俳句の殻を脱ぎ捨てた新味を感じさせる。

　六月の海の碧さにポスト塗る　　高　篤三
　南国のこの早熟の青貝よ　　富沢赤黄男
　白馬を少女けがれて下りにけむ　　西東三鬼

　昭和十年代発表のこれらの句を見るとモダニズム詩に影響を受けた新興俳句の若き俳人達の基調は「青」と「白」であったが、時代の好みは鷹女のこれらの俳句にもかすかにその影響を及ぼしているようだ。

※

四Tという呼称を用いたのは山本健吉であるが、血液型四分類のように彼の考える女性俳句の特色を仕分けする都合のよいモデルとして名前にTのつく四人を選び出したとも言える。山本健吉が何時この呼称を用いたかはよくわからないが、四人の性格づけに用いている例句がほとんど昭和十年代のものなので健吉が「俳句研究」の編集をしていた時代と思われる。言ってみれば、この四人にこれからの女性俳句の可能性を編集者として感じとっていたのだろう。

「鶏頭陣」を辞めたあと、結社に属さなかった鷹女もまた、句集『向日葵』を出した前後、たびたび「俳句研究」に発表の機会を与えられている。

四Tの評価として健吉は多佳子と鷹女については「もっとも新しい俳句意識にたって句を作っている」と評している。四Tの中で多佳子と鷹女には今までの女性俳句にない方法意識があると健吉は考えていた。その意識が鷹女においては「多彩で特異な個性的句風を生み出していった」と注目したのだ。

「鹿火屋」や「鶏頭陣」などでは力ある俳人として知られてはいたが、表立つことのなかった鷹女を俳壇に押し上げたのはホトトギス中心の俳句の世界を新しく横断する力を持った総合誌「俳句研究」の誕生が大きかったと言える。この時期の「俳句研究」には鷹女のエッセイ、題詠、などの作品が掲載されており、年鑑の女流特集には汀女、立子、しづの女と肩を並べて特集されている。

句集『向日葵』や鷹女のこの頃の俳句に対する評はあまり見られない。かっての同人の誼か「俳句研究」昭和十六年四月号に永田耕衣の読後評が掲載されている。

「日向葵」の後記に鷹女さんは「従来の俳句に不満寂寥を感じ敢へて冒険的なる句作を試み初めた」と書いてある。従来の俳句とはどんなのを指してゐるか判明しないが、恐らく無気力な花鳥諷詠を心に置いてであつたらう。しかし、それにも関はらず僕はコノ悲願が果して何を自ら求め、何を他にプラスしてゐるかがわからないのである。竹下しづの女氏に似てしかもそれほどの哲学的思索はみとめられない。かしこまつた心の技巧や押への風態に業を煮やし、持前の詩性で囚はることなく、ただ思ひ切つてズバリズバリ吐き散らして行つた息に過ぎないといふ気がする。

俳壇での『向日葵』の評価はこの耕衣と似たりよったりではなかったか。鷹女の個性の強い句は歓迎されなかったのかもしれない。昭和十六年『向日葵』に引き続き『魚の鰭』を甲鳥書林から上梓した際、「俳句研究」に自選二十五句を抄出しているが、鷹女が選び出した句はおとなしいものばかり。鷹女の句として人口に膾炙した句や今まで例に揚げた句は一句も選び出してはいない。どこか物寂しげで一人息子陽一にまつわる句も多い。明るく開放的だった昭和初期を過ぎて、太平洋戦争前夜の世相はだんだんと暗さを増してゆき、鷹女にも戦争の影がしのびよりつつあった。

第二句集『魚の鮨』　口絵写真

第四章　第二句集『魚の鰭』

瞳に灼けて鶴は白衣の兵となる

『向日葵』の翌年昭和十六年第二句集『魚の鰭』が甲鳥書林より出版される。鷹女自身『向日葵』の姉妹篇と言っているように、第一句集発刊からわずか三ヵ月後、ほぼ同時期に上梓されている。『向日葵』は俳壇に向けて従来の俳句とは違う個性の強い俳句を強く打ち出す構成になっていたが、『魚の鰭』は肩の力を抜いて愛着の深い句を中心に句集を編んだ様子。資料的には俳句を始めたころから昭和十五年まで編年体の句の変遷を見ることができ、鷹女の多面性がより強く感じられる句集に仕上がっている。

秋風や水より淡き魚のひれ
秋の街曲り角多し曲りゆく
秋風に黒猫とゐて食む夜食
秋日射し骨の髄まで射しとほし

年代別の編集ではあるが、この句集を編集する鷹女の心を占めている見えないテーマは「秋」の寂寥感である。『向日葵』が鷹女の激しさと俳句への野心を映し出した「夏」の句集だとすれば、『魚の鰭』は秋。後年、特に深くなる彼女の孤独への志向性を映し出した句集と言えよう。

この樹登らば鬼女となるべし夕紅葉

鷹女の代表句として人口に膾炙したこの句は「幻影」と題された、中世を思わせる連作の一句として出現する。

紅葉雨鎧の武者のとほき世を
幻影は弓矢を負へり夕紅葉

薄紅葉恋人ならば烏帽子で来

「紅葉」を中心に「鎧の武者」「弓矢」「烏帽子」の男の幻影から突如急転して、情念に燃え立つ女と夕紅葉がくっきりと描き出される。鷹女が独特なのは一つのテーマを中心にイメージを展開しているうち、考えもしない場所まで言葉が届いてしまうところで、それは彼女自身が意図したのではなく、「結果として」見えてしまったとしか言いようがない。「鬼女となるべし」とは真っ赤な紅葉が夕日を受けてよりその赤さが増してゆく、その色に呼応して男を思う女の感情の激しさが鬼に化身する気配を感じ取ったのではないか。「娘道成寺」「八百屋お七」、恋情は燃え盛る火に結びつき、そうした感情に支配された女は鬼女なのだ。「べし」は確実な推量の意であろうが、夕日の紅葉に登る女は必ず鬼になる、とばかりにきっぱりとした言い切り、異次元の世界をこの一句であますところなく描き切っている。

彼女が意識的に俳句を作る場合、言葉の連想に、取り合わせに独特の機知が働く。

鶴は病めり街路樹の葉の灼けて垂り
立葵咲きのぼりシチウ鍋煮えぬ
藤咲いて海光ひとの額に消ゆ

茱萸熟れてちぶさが二つ小麦色

彼女の資質の一つである「機知」は取り合わせの連想から引き出されたイメージをつなげるのに欠かせない要素であった。

とかく鷹女の代表句集として『向日葵』がよく取り上げられるがこの『魚の鰭』には「鹿火屋」時代に作った初期のものから個性の強い妖艶な句、そして後年の鷹女を思わせる抽象性の強い句までが混在していて独特の雰囲気をもった句集である。

私はネットの古書店から手に入れたが、表表紙にうすい緑の芽の出た玉葱と真紅の万年青の実。裏表紙に枝付きの柿の実を配した彩色の美しい装丁で武者小路実篤が手掛けている。見開きには大判の鷹女の写真が掲げられ、胸高に帯を占めた黒目がちの鷹女の視線はカメラのレンズを越えてはるか中空を見つめているようだ。——鷹女の自愛は彼女の美意識の根底を形作るものだが、これだけ大きな写真を口絵に使うというだけ自分の容姿に自信があったのだろう。四十前の女ざかりの鷹女は匂うばかりの美しさである。

昭和十六年、この句集を持参して藤田嗣治のもとを夫婦で尋ねたときのことが「俳句研究」の自筆年譜に記されている。

『魚の鰭』の装幀と内容を見て「立派な句集だ…この次、出されるときは、ぜひ私に装幀させて下さい…」と嬉しい言葉を頂く。白髪のオカッパが美しく、清らかで物静かな感じを受けた。「俳壇には先生から破門されるということが、今でもあるか」との御質問に対し、「破門される前に弟子の方から出てゆくでしょう」と即座に答えた私に、画伯は微笑を浮かべながら「芸術家には、新しく来たるべき世の中を創造してゆく責任があるのであって、そのためには師に反対もし、師を乗り越えても自分の仕事をしてゆかねばならないと思う」と言われた。

この挿話を読むと当時の鷹女の誇り高い俳句への構えを伺い知ることができる。日本画壇に異端として受け入れられることのなかった嗣治は戦後フランスへ帰化してしまい鷹女の句集を装丁することはなかった。独特の画風の嗣治とのコラボレーションが実現していたら、さぞ個性的な句集が出来たことだろう。二つの句集を続けて上梓し、得意の絶頂にあった鷹女の生活にも戦争の影は忍び寄りつつあった。

母の愛

鷹女にとって気がかりは一人息子陽一であった。鷹女は一人息子の陽一を厳しく育てながらも溺愛といっていいぐらい愛情を注いでいた。『向日葵』後半部から『魚の鰭』の各所に陽一を思う吾子俳句が見受けられる。

菊白し男の子み国の子を守れば
子の寝息すこやかに青き蚊帳を垂れ
夏旅の短かに吾子の頬尖り
子の鼻梁焦げて夏山をいまも言ふ

成田の名家である三橋家を自分の代で絶やすことはできない。兄が続けざまになくなった頃から家の重圧は鷹女にのしかかっていた。昭和十七年。一家は三橋家を継ぎ、東姓から三橋姓になっている。鷹女はこの時期愛息を詠んだ俳句を数多く作っている。俳句表現と自身の感情の表出が密着している鷹女にとって、この時期の関心は息子に注がれており、全力で息子を詠

陽一と鷹女

むことは彼女にとって当然のことであったように思う。

富国強兵とセットになった良妻賢母教育をしっかり受けた鷹女である。家督を継がすたった一人の息子大事の気持ちとともに「お国に役立つ人間になってほしい」という愛国の倫理は枷となって彼女自身を苦しめたことだろう。徴兵は男子の義務であり家督を継がすたった一人の息子と言えども逃れられるものではなかった。

陽一は昭和十五年陸軍経理学校に入学している。

本編を書く上で成田の鷹女像の建立に尽力なさった山本侘介氏にいろいろお話を伺った。氏も陽一氏より若干年下ではあるけど、同じく青春期に戦争をくぐりぬけた世代にあたられる。氏のお話では当時経理学校に入学するには優秀でなければならなかったこと。エリートとしての軍人の地位を確保しつつも戦場に行っても事務系であるので前線に出てゆくこともなければ、苛烈な戦闘に巻き込まれる心配もほとんどない、どっちみち戦争に行かなければならない二十歳前の男子の進路として「賢い選択」であるというお話だった。

三橋（絢子） 陸軍を選んだというのは、やっぱりお母様の意向なんでしょう。

三橋（陽一） そう

三橋（絢子）（陸軍）経理学校はね

三橋（陽一） やっぱり国民はみんな国家のために尽くさなければいかんから、初めはやっぱり一高へ入れたいという気持ちもあったんですけれども、やっぱり一高の合格発表より先に経理学校へ入ってしまったんでそっちへ行けと、ただ軍人でも一人っ子だから、余り戦争ばかりやっているんじゃなくて、経理ならそういう第一線に出るチャンスも少ないだろうし、経理学校がいいんじゃないかと勧めてくれたんですけれども、実際上はそうじゃなくて、経理学校は後方ばかりいるわけじゃなくて、我々も現役の時には第一線で戦ったわけですから、全然士官学校出と全く変わりなかったんです。

昭和十六年「俳句研究」八月号には次のような句が掲載されている。

肩章

―吾子陸軍経理学校予科在学―

吾子来る梅雨の短剣音鳴らし
梅雨冷えの厚き双手を振り来る
梅雨たのし子の肩章に手触れもし
母に振る夏手袋のしろき手を
汗の香の愛しく吾子に笑み寄らる

普段の鷹女からは想像できない親バカぶりである。立派に成長して軍服を着た息子を頼もしく見上げている母の熱い視線が感じられる。息子は鷹女の心のよりどころであり、誇りであった。鷹女のこの当時の句を読むと女である鷹女のもう一つの側面、母としての鷹女がいたるところにいる。

陽一の出征

しかし、戦争に彩られた不穏な時代はその影をいっそう濃くしてゆく。どの俳誌を見ても、昭和十六年以後紙の質が急激に悪くなり、ページ数も少なくなる。相次ぐ俳句雑誌の廃刊、統合とともに、そこに掲載される作品の価値転換をせまられているそんな緊迫した時代の雰囲気を感じるのだ。「俳句研究」昭和十七年新年号の巻頭には次のような一文が掲載されている。

俳壇唯一の総合雑誌である小誌も国民詩伝統詩たる俳句が時局下に捲ふ責任の重大なるを認識して、ひたすら健全国民詩の樹立の方向に進みつつあるのでありますが、その意図を完全に達成するためには全俳壇人の協力を必要とすること勿論であります。

昭和十七年には「日本文学報告会」が設立され、俳句部会の会長は高浜虚子、代表理事に水原秋桜子、理事長に富安風生などが名を連ねている。設立の目的は勿論戦争協力、であり、開戦以後昭和十八年、十九年の「俳句研究」の俳句は戦時色が濃厚になってくる。鷹女も「俳句研究」昭和十七年四月号に次のような句を寄稿している。

神風　――米太平洋艦隊撃滅

凍天に凍海に嗚呼神風吹きし
敵艦（あだ）沈め冬白浪ぞ高鳴れる
還らじと還らじとゆきし凍天を
凍天に魂を駆けらしをみな我等
日の国の真冬真穹をおろがみ泣く

後の時代から見てこれらの俳句を批判するのはたやすい。しかしそれは今の時代からあの戦争を、当時の状況を俯瞰して言えることで、明治以後天皇を機軸とする時代の教育を受けてきた大半の国民にとって戦争は開戦した以上戦い抜かねばならない大事であったろう。伊藤整の『太平洋戦争日記』に十二月八日開戦当日の東京の街の様子について次のような記述がある。

日比谷にて、バスのそばで新聞に皆がたかっているので自分も下り四枚買う。売子の男まごまごしていて金をとれぬ。やっと渡し、それをカバンに入れ、小便をしに日劇地下室に入る。割にしんとしていて、皆がラジオを聞き、新聞を開いている。ラジオで軍歌、「敵は幾万ありとても」をやるとわくわくして涙ぐんで来る。朝日のケイ示板に号外が出ており、見るとハワイ空襲出ている。なるほどと思い、朝日の電光ニュースを見る。新聞に出ていることとなり。

—中略—

自分はハワイ空襲はよくやったと思いうれしくなる。大変な損害をこちらも受けたろう。

一般的な国民感情としてこの開戦を肯定的または仕方のないものとして、とらえる向きがほとんどだったろう。「まるで非国民のようなことを言われると、たしかに気がくじける」とは著述の批評に関して伊藤整が漏らしている言葉。戦争に流れてゆく時代状況に漠然とした不安を抱いていることを言葉に表すだけでも危険な状況であった。印刷媒体に作品を発表するのに戦う国民の決意を、あらゆる場所で求められる時代だったのだろう。

出征するべき年代の息子を持つ母親の大多数と同じ悲壮な覚悟を鷹女も抱かざるをえない。

三橋（陽一） 私も戦地に行くときは、下関の港から朝鮮経由でずっと北支那、中支那の方へ行ったんですけれども、そのときは旅行したことのない母が、珍しく父と二人で私と同じ汽車で下関まで送ってくれました。

後年陽一が回想しているように、昭和十九年五月に中支派遣部隊付主計将校となる息子を鷹女は夫とともに下関まで送りに行っている。こう書けば簡単なことのように思えるが当時の交通事情で東京から下関に行くのは二日がかりの旅行である。病弱な鷹女は都内でさえ一人で出歩くことはめったになかった。人ごみに出るだけでふっと気が遠くなることも多く、外出には常に誰かに同行を頼んだそうだ。後にも先にも鷹女がこれだけの遠出をした記録はない。戦局も押し迫ったこの頃、鷹女は愛する一人息子との別れが永遠の別れになることを半分覚悟していたのではないか。

事実、陽一は爆撃による負傷を負い、戦争が終っても音信不通のまま帰っては来なかった。

※

第三句集『白骨』は昭和二十七年三月発刊されている。

冒頭部分「母子」は昭和十六年から二十年までの俳句が収められているが、前書きが付けられた句が多く、戦時中から戦後の混乱期にかけて鷹女と息子陽一の消息を伝える。鷹女は俳句で日記を書くタイプの俳人ではないと思うが、戦争から戦後にかけて一人息子を愛おしみ、陽一と過ごす貴重な時間を言葉で書き留めようとする鷹女の母としての気持ちの深さが伝わってくるようである。

敗戦

子を恋へり夏夜獣の如く醒め
夏浪か子等哭く声か聴え来る

日本は戦争に負け、一人子の陽一は消息不明。頼みの夫剣三は胃潰瘍で一時危篤に陥った。今日食べる食糧を確保するにも走り回らなければならなかった混乱の時期に、夫は重篤の床につき、成田の家督を一家で継いだものの跡継ぎの息子は行方不明。郷里に残した母は心細く老け込む一方で、全ての責任が鷹女の細い身体にのしかかってきた。

私は泣かない女である。だいたいこの泪といふものは私にとつては手に負へない代物なのである。一滴―若しも泪がこの眼を離れてたなら最後、泪はあとからあとからと堰をなして流れ落ちる。さうして私のからだはだんだんと萎えしぼんでいつて遂には消え失せて了ふのではあるまいかといふ気がしてならぬ。

―中略―

それ故悲しい事に出逢ふたからとてうかうかと出されぬ泪なのである。私はいつの頃よりか泪は目の中に押し込んで置くべきものと心得るやうになつた。溢れ出ようとする泪を押し込まなければならぬ努力は決して只事ではない。見栄や外聞では有り得ないことなのである。

（「鶏頭陣」昭和十一年六月号所載）

女一人、年老いた母をささえ、夫を看病し、鷹女は孤独に耐えていた。心から愛する父、兄の葬儀にすら泣き崩れなかった自分を少し離れたところから見つめてこのように書き綴る鷹女のことである。きっとこの時期も唇をきっと噛みしめ。余分な言葉はひと言も発しないで、黙々とやるべきことをやりながら苛酷な現実に耐えていたに違いない。

日録的に句を作ることのなかった鷹女ではあるが、この頃の俳句の多くは鷹女の生活に密着したところで作られており、前書きとともに句を読めば、その句が作られる背景となった鷹女の生活をそのまま知ることができる。

夫剣三、患者診療中突然多量の吐血をして卒倒し重態となる。
病名胃潰瘍

ひとり子の生死も知らず凍て睡る

一週間後再び危篤に陥る

胼割れの指に孤独の血が滲む

二三ヵ月を経て稍愁眉をひらく

藷粥や一家といへど唯二人

一月七日は子の誕生日なれば、七草にちなみせめて雑草など摘みて粥を祝はんとせしも…

焼け凍てて摘むべき草もあらざりき

昭和二十一年二月四日吾子奇跡的に生還

あはれ我が凍て枯れしこゑがもの云へり

ようやく鷹女に安堵の時が訪れる。陽一が生還したのである。陽一の姿を見た途端張り詰めた気持ちが溶け、身体の奥に押し込んでいた声が漏れ出て、涙が滲んできたことだろう。敗戦から翌年二月までの半年間、一人で耐え忍んできた鷹女の気持ちが推し量れる。

息子陽一はこの間の消息について、次のように語っている。

三橋（陽一）（戦地は）中支那、今の武漢ですね、漢口付近に駐留部隊がありまして、そこへ赴任して、一五、六人行ったのが途中でみんな分散して、私一人になって、それで部隊へ、そうしたら大東亜戦争、湘桂作戦という戦争にも駐留地からでちゃって、一人であとを追いかけていって揚子江を渡って追いかけていって、途中で戦闘中に部隊に合流しましたけれども、それで二十一年の二月に復員して帰りました。だから子供を戦地に送った母の心情というものはね、随分俳句を通じて本当に懐かしくてね、涙を流したと思いますけれどもね。一人息子を戦地へ送って、随分つらかったと思うんですけれども、何か後から聞いたことがあるんですけれども、戦地に行って帰らなかったら、やっぱり三橋家は絶やすわけにはいかないから養子をということも考えたようです。お国のためだという気持ちがやっぱり強かったようですね。

三橋（絢子） 戦争中はお父様が防空団長やったりなんかしてね。一生懸命なさったみたいでしたね。

三橋（陽一） それで、私が戦地に行っている間に、そういう疲労がたまって血を吐いて父が胃潰瘍で倒れましてね。私が復員してきたときは、ちょうど吐血した後、寝ている最中のところへ突如として帰ってきたわけですけれども、だから病気の父親を抱えて、子供は戦地で生死もわからないのに、随分つらかったと思います。

『魚の鰭』後半部に所収の句と、『白骨』前半、昭和十七年から二十年まで鷹女の句は息子の成長を見守り、安否を気遣う日記のようだ。戦争の前後集中的に陽一の句を作り続けたのは一人子の無事を心から願う母の祈りだったのかもしれない。鷹女は痛いほど視線を陽一へ集中させており、それ以外の俳句を作る気持ちになれなかったのだろう。一つのことにこだわりだすと周囲が見えなくなるのが鷹女のストイックさではあるが、陽一が無事戦場から帰還したことで孤独に張り詰めていた鷹女の心持ちも落ち着き、再び独自の俳句表現への飽くなき探求と試行錯誤の日々が始まることになる。

第三句集『白骨』 口絵写真

第五章　第三句集『白骨』

仙人掌に蹋まれば老ぐんぐんと

　この時期からようやく鷹女は本来の自分に立ち返ることが出来たようである。戦争も終わり、夫剣三の病状も快方に向い、陽一も手元に戻り、一人で背負い込んでいた家督の責任の重圧からようやく逃れることができた彼女は五十の声を聞こうとしていた。

　鷹女の写真を見るとどの写真も黒目勝ちの瞳の視線も強く、正面からきっと写される相手をまっすぐに見つめている。その気の強さはいつまでも変わらないが、戦中、戦後の過酷な時代を潜り抜け、身体の衰弱からも老いと死を意識する日も多くなったのではないか。老いと孤独が鷹女の俳句の陰影を濃くし始めた。

鳥の名のわが名がわびし冬侘し
鵙昏れて女ひとりは生きがたし
いちじくや才色共に身にとほく
鵙騒ぐ鏡面醜（しこ）をあざやかに

吾子俳句から始まる『白骨』ではあるが、日記的に心情を叙述する句ばかりでは勿論ない。鷹女の多面体はこの句集でも遺憾なく発揮されている。鷹女の句を通して読むと、どの句にも鷹女の独特の個性が裏打ちされてはいるが、率直に感情を表した句。通俗的なまでに感傷がかった句。切れや取り合わせに冒険的飛躍を試みた句など。同時期作られたものでも句風は様々で、分裂的である。

俳人の多くは作句の中心を定めると自ずから句風は定まってくる。句集ごとにテーマをはっきりと方法論を展開しながら句集を編む俳人も多い。理論と句の制作が車の両輪のごとく展開してゆく俳人はその集大成として句集を編むことも多いので、句集に収められる句も意識的に選択される。自然諷詠の俳人の場合は処女句集から生涯に編む句集で句風がその都度変動することはあまりなく、年齢によってその濃淡が変わる程度であろうか。（虚子に至っては、題名

からして『五百五十句』『六百句』なのだから恐れ入る）

鷹女の場合は句集ごとに句風の変遷が追える俳人ではあるが、幾筋かの表現の流れが同時的に見られることにも特徴がある。鷹女は自己矛盾しかねない要素を同時に抱え込むことの出来る俳人で、それが魅力ではあるのだが、破綻しないのが不思議である。一般的に結社の主宰に選をゆだねることの多い句集はその結社の作句のあり方や価値観からはみだした句、未完成のものは削られることが多い。

「鶏頭陣」以来、選をされることのなかった鷹女は全ての句集の句が自選であるので、基本的に彼女の価値観が選に反映しており、そのあたりの事情から句の統一感に欠けるのかもしれない。『白骨』前半からこの時期の彼女の句を見てみよう。

昔雪夜のラムプのやうならいさな恋

あきかぜに狐のお面被て出むや

天上はかみなりぐせやきりぎりす

千万年後の恋人へダリヤ剪る

月見草はらりと地球うらがへる

うちかけを被て冬の蛾は飛べませぬ

「雪夜のラムプのやうな恋」は感傷的でやや通俗的な感傷であろうが、鷹女が無防備にみせる抒情が美しい比喩のうちに素直に表されている。富沢赤黄男が昭和十四年に「俳句研究」に発表した句に「やがてランプに戦場のふかい闇がくるぞ」「灯をともし潤子のやうな小さいランプ」「藁に醒めちさきつめたきランプなり」等があるが、ことに二句目、戦場の赤黄男の心にともったランプの灯は遠く離れた故国にいる娘の存在そのものだが、鷹女の「ラムプ」の句では遠い恋を表すものとして比喩的に使われている。情景も違う。それでもランプの小さな炎に照らし出される情感に共通のものを感じる。

鷹女が厳しい自己規制からほろりと見せる素直なセンチメンタリズムは安易な抒情に溺れておらず、透明感がある。

「あきかぜに」の句は新興俳句の高篤三の句「しろきあききつねのおめんかぶれるこ」を髣髴とさせる。篤三の句はお面を被って遊ぶ子供の姿をひらがな書きで郷愁を織り交ぜて描き出しているが、鷹女の句は自分の素直な気持ちを隠して世を渡る自分を戯画化しているとともに行き場のない寂しさを感じさせられる。

「天上」の句は鷹女が本来持っている言葉の斡旋の上手さが遺憾なく発揮されている。いつまでも雷が鳴り止まぬ空の様子を「かみなりぐせ」と表現したところが奇抜だし、かぼそく鳴くきりぎりすとの取り合わせも効いている。従来の鷹女の機知を発揮した句であろう。

「千万年後」「月見草」の句は後年の「羊歯地獄」への大胆な時空間の切り取り方へつながってゆく予感のする柄の大きな句である。

「うちかけを」の句はけばけばしい模様のある蛾の羽を「うちかけ」と形容し寒さに弱り、羽を広げたまま飛び立つ力もなくじっとしている様を描き出している。口語口調のきっぱりとした断定が単なる見立てではなく飛べない蛾に老いた自分を投影してかつ、突き放す厳しさを同時に感じさせる。これら多様な方向性を持った句のほとんどは昭和二十三年代に作られている。表現は多彩だが、いずれの句にも自分を見据える鷹女の眼が背後に光っている。

戦中、戦後抑えていた自分の中から突き上げてくる表現への欲求を次々と俳句へ汲み上げていっている印象。その混沌とした状態の中からだんだん鷹女の基底にある「女」と否応なくせまりくる「老い」のせめぎあいが鷹女の心を深くとらえるようになる。

「ゆさはり句会」

鞦韆は漕ぐべし愛は奪ふべし

結社にも属さず、師も持たない鷹女は孤独だった。俳句は座の文芸と呼ばれるぐらいであるから一人で作り続けるのは困難が伴う。二十年以上一筋に俳句を続けてきた鷹女にもそのくらいのことはわかっていただろう。当時の鷹女に尋ねたなら、「入りたい結社、つきたい師がいなかったのです」と至極当然な言葉が返ってきそうな気がする。

鷹女は俳句への厳しさにおいて妥協がなかったし、社交レベルでの俳壇の付き合いには顔を出さなかった。鷹女が簡単に人を寄せ付けない雰囲気を漂わせていたことが「孤高」「潔癖」の伝説を助長させているように思う。鷹女はむやみに気難しい人ではなかった。鷹女にまったく俳句に素人の日鉄鉱業職場句会の指導の誘いがかかったのは昭和二十二年ごろであった。

鷹女自身が作成した年譜によると昭和十二年になっているが、彼女の思い違いのようだ。会社の発足が昭和十四年であること。句会が発足したのが戦後であることをこの句会に参加していたメンバーから確認した。それによると句会の始まりは昭和二十三年ごろというお話であった。この句会の指導と付き合いは長らく鷹女の生活の一部だった。鷹女のここでの在り方から今まで見えていなかった鷹女の別な側面が見えてくる。

当時日鉄鉱業の社屋は東京都新宿区四ツ谷二の四にあり、俳句愛好家が十名程度集まって半月に一度句会を催していた。素人ばっかり集まってああだ、こうだやってもどうにもならないと、俳人に指導を頼もうという話になった。その中の一人が剣三と親戚筋であったため、同じ新宿牛込柳町に住んでいた鷹女のところへ句を持って行ったのが始まりだという。そのうち会社の定例句会へ夫婦で参加を、という話になって鷹女と剣三、二人で出かけたようだ。「ゆさはり」はぶらんこの意味。鷹女の冒頭の一句にちなんで名づけられたのでは、と思ったがそうではないらしい。鷹女を交えた定例句会が発足してまもなく席上でこの句会の名前が提案され、鷹女も即座に「いい名前ね」と同意したようだ。句会は月一回、日鉄鉱業の会議室で行われた。

鷹女は句会には常に夫剣三とともに参加している。俳句を始めた頃から、そして俳人として完全に鷹女が剣三を追い越してしまってからもその関係は変わらない。当時のメンバーは十七人ぐらい。鷹女は時折参加者の句に手を加えることもあったようだが、「皆さん、ご一緒にやりましょう。私が教えるんじゃありません」と言っていたようだ。鷹女は互選の句会に積極的に参加し、サークルのメンバー達と旅行に行ったり歓談したりするのを楽しみにしていた。選評などを読むと俳句の厳しさはここでも貫かれているが、人を近づけない孤独の影は見受けられない。書くことにプライドは持っていても、奢りを持たない鷹女の人となりが伺える交流の仕方である。

寺内　句会は会員の方が作品を発表しあうのですか。

三村　ほかの句会というのを、私はほんとに知らないんですけれど、ここでは会員の方々が投句して、その中から鷹女先生やみんなも選句したんだという…。
羽磨　先生も選句されてね。
三村　一緒にやりましたね。
濱　我々の方も先生の句を一緒に選句したんです。
三村　先生の句だからというのを知らないままに。
羽磨　ばらばらに書いて、みんなで回して、その中から選考するという形をとってましたので。
寺内　皆さんの一句一句の俳句の講評は先生はおやりになっているんですか。
羽磨　一句一句というか、特に関心があったものについて、簡単な批評をされたですね。
三村　先生だからと別にしないで、みんなの句と一緒にして、先生もみんなも同じレベルで選考したということです。

鷹女の句をとると、「どうしてこの句をとりましたか」「本当にわかってとったの？」と厳しく聞かれることがあったらしい。俳句の選に責任を負う厳しさを自覚させるためだったのかもしれない。

「句会のときにはとても厳しかったが、普段は温和で優しい先生だった」というのは、この「ゆさはり句会」の人たちに共通した意見のようだ。

戸田　後から入会してきた私にでも、随分インパクトが強いんですよね。鷹女先生という人が、俳句というよりも先生の生き方というのかしら。なんとなく優しい面と、それからいろいろ先生に「かわいがられる」という言葉がありますね。かわいがってくだっているんだという、そういう印象を受けたんですよね。

「ゆさはり句会」の会員とのふれあいは孤高と呼ばれた鷹女にとってもやすらぎの場であったようだ。「ゆさはり句会」の会員が家に遊びに来れば気軽に家庭の話もし、寒ければ「うどんを食べていらっしゃいな」と声をかけ料理もふるまったようだ。

自宅の庭で映した写真はちょうど薔薇の時期だったのだろう。息子陽一が仕事でアメリカに渡る前に植えていったという薔薇が美しく咲き誇っている写真が残っている。鷹女は会員達の真ん中で夫剣三とともににこやかに笑っている。資料には「ゆさはり句会」で旅行に行った写真が何枚か残っているが、まだ幼さの残る若い女子社員と並んで写っている鷹女はやわらかな表情で映っている。「ゆさはり句会」の歓談の場にいる鷹女は、カメラを見据えるように身構えている鷹女ではない。

某ホールにゆさはり句会会員らと共に一夜を　四句

夜はタンゴ氷のやうに火のやうに
老いながら椿となつて踊りけり
母子踊る粉雪の如く静寂に
脚組んで極月の灯の高階に

昭和二十五年。ゆさはり句会のメンバー達と忘年会を楽しんだのだろうか。五十歳の鷹女は陽一とともに、ダンスを踊ったのだろう。「老いながら」の句の華やかさは中年から老年にさしかかる女が、若さや美しさへの未練を断ち切り、今宵ばかりはとくるくる踊っている気持ちの高揚があって印象深い句である。

「ゆさはり」句会報

『白骨』に収められた鷹女の人口に膾炙した句はこの時期に集中的に作られている。「ゆさはり」と題されたガリ版刷り句会報を成田の図書館で閲覧させてもらうことができた。毎月の句会報とともに、エッセイ、季語解、評論などが掲載されている。五号しか残っていないが、昭和二十五年から二十六年のこの頃の鷹女の作品を検証するには興味深い資料である。句会の出席人数は十五人から十八人。夏には海の家に連泊で吟行もしている。鷹女はこの句会に提出した句を多く『白骨』に収録している。毎月の題詠から『白骨』に収められた句を抜き出し、どのような推敲がほどこされたか検討してみたいと思う。

昭和二十六年　一月句会　兼題「雪」「手袋」

・一塊の穢となり佇てり雪の道

　↓一塊の穢となり佇てり雪の中　※『白骨』収録

・冬天に父ありと思ふ一礼す

　↓初空に父在りと思ふ一礼す　※『白骨』収録

・母老いぬ枯木のごとく美しく

一月句会へ出句した五句のうち三句を「天の密書」と題した昭和二十六年の部に順に収録。二句目季語を「初空に」と添削したのは年代別収録句の最初を飾るのにふさわしい句という意図とともに、冬の天より正月の明らかな空が自分をおおらかに包んでくれた敬愛する父にふさわしい、と思ったからだろう。「冬天」を「初空」と変えたことで新しい年を言祝ぐとともに句柄が大きくなったように感じられる。

二月句会　兼題（梅・春の水）

・春水の底では知らず櫛投げて
→春水のそこひは見えず櫛沈め　※『羊歯地獄』収録

春水、底、櫛という素材は同じであるが、句の形も句意もまったく違う形に変化している。最初の「底では知らず」というのは櫛を投げいれて底についた櫛のその後を知らない。と、春の水のもったりと温い感触と女の櫛の関係が着地点のなきままに放り出されている中途半端さがある。推敲句では、「知らず」が「見えず」になり、行為も「投げる」から「沈め」へと変わっている。作者の春水への凝視とともに櫛を沈めたために春水の色が変わって底が見えなくなったというように初案とは、櫛と春水の因果関係が逆転したようで興味深い。

三月句会　兼題（燕・陽炎）

・つばくらや我が家ならねば逐はるべく
・墓石を抱きかかへて陽炎へり
　→墓石を抱きかかへてかげろへり　　※『白骨』収録

「陽炎へり」がひらがな書きの「かげろへり」へと変化している。陽炎の所在のない揺曳と重い墓石との対比にはひらがな書きの「かげろふ」が似つかわしいと判断したのだろう。
　この句会録と『白骨』の収録句を照合していて気付いたことだが、『白骨』には三月句会の題詠句として提出した「つばくらや我が家ならねば逐はるべし」のすぐ隣にかの有名な「燕来て夫の句下手知れわたる」の句が並べられている。この日の題「燕・陽炎」への剣三の提出句は次の二句。

・初燕鏡裡蓬髪刈られをり

・陽炎を見てゐて奇蹟現はれず

このうち「陽炎」の句は昭和二十四年、鷹女が「俳句研究」十月号に発表した句「花茗荷奇蹟は遂に現はれず」のもじりとも思えない句なのだから、物真似のきらいな鷹女をすっかり怒らしてしまったとも考えられる。句会の各人に俳句を方法や、詠む内容を指導はしなかったが、推敲を重ねること。物をよく見つめること。人の真似ではいけないとそれだけは厳しく言っていた。「人まねをするというのじゃなくて、知らず知らずのうちに使っても、同じ言い回しに気付いた時点で捨てる。そのくらい厳しく自分を律しなさい」と。鷹女は常々言っていたそうである。

句会に参加していた会員が次のように語っている。

三村　でもね、人のまねではいけないと。私、大変いい言葉があったと思って先生のところへ持っていった句で「神の御意」という言葉を、私使っていたら「これは何とかさんが使っていたからこの句はもう捨てなさい。決して同じものをしてはいけない」と言われましたよ。

それなのに句会で一緒に先生と呼ばれている剣三が自分の句を模倣するとは。一番身近にいる夫が自分の発表句を知らないはずはない。初めて一年にもならない若い男女に混じって句を出す鷹女である。技術的な俳句の上手下手を云々することはなかったろうが、人の真似までして俳句の外見を整えることには辛辣だった。「燕来て夫の句下手知れわたる」。夫への意趣返しとも言えるぴしりとした厳しさ。それと同時に自分に俳句の楽しさを教えてくれ、俳句で競い合った剣三がいまや自分の言葉を模倣するまで老いてしまったことに言いようのない寂しさを感じたのかもしれない。

四月句会　兼題（菜の花・風船）

・天が下に風船売りとなりにけり　　※『白骨』収録
・天曇る日は風船は悲しめり

最初の句については折笠美秋が「（この句には）心底びっくりであった。たかが女、現代版千代女に、私以上にこの句が読めるわけがない――そう信ずることで、私は横倒しになるのを防いだ」早稲田俳句研究部の部室でこの句と初めて出会ったときの衝撃を書き留めている。高柳重信もこの句を「昔ながらの鷹女の機智が、次第に深まりを見せながら正確に捉えた不思議な寂しさである」と評価している。「俳句評論」の切れ者たちがそろって評価するこの句が「ゆさはり句会」の兼題から作られたこと。俳壇とはまったく無縁の会社の一サークルの集まりで作られたことに私は嬉しささえ覚えるのだ。同時期に、「鞦韆は漕ぐべし愛は奪ふべし」の句も作られている。「ゆさはり」がぶらんこ・鞦韆と同じ意味であるのを思うと、この集まりがこの句の発想の何らかの土台になっているとも考えられる。再度、月例句会に立ち戻ろう。

七月句会　兼題（行水・天道虫）

・てんとうむし天の密書を翅裏に

→天道虫天の密書を翅裏に　※『白骨』収録

天道虫の「天」の字の重なりが気になって最初は平仮名書きにしていたのか。句集に収録するときには天と天道虫の字面がいかにも虚空の密書を携えてくるのにふさわしいと感じて漢字を選択したのではなかろうか。この句は前述した通り昭和二十六年の句群を集めた部立の表題にもなっており、鷹女にとってこの年の句を集約する大切な句であったと考えられる。

このほか句会報にあり、『白骨』に収録した句の推敲例では次のようなものがある。

・行水を了ふる月界までの距離
　↓行水を終ふる月界までの距離　　※『白骨』収録
・西方の蛙に鳴かれ字を習ふ
　↓西方の蛙が嗤ふ字を習ふ　　※『白骨』収録

気になるのは、句会報の最後十一月の兼題「落葉」

・落葉して胴体四肢を失へり

という句があるのだが、これが『白骨』表題句にもなった

白骨の手足が戦ぐ落葉季

の発想の下敷きになっているように感じられる。

句会録を見ると出席人数は十五人から十八人。「鶏頭陣」を離れて十数年ぶりに囲む句座は鷹女にとって暖かい集まりであると同時に作句への刺激になっただろう。この交友は長らく続く。この時期の鷹女は一人ではなかった。

第六章　「薔薇」へ

凍鶴の真顔は真顔もて愛す

昭和二十七年。鷹女は第三句集『白骨』を上梓。武蔵野市吉祥寺へ居を移す。鷹女の年譜と文献を頼りに、家から自転車を走らせる。黒々とした幹の桜並木が濃い葉陰を作っている三鷹大通り。葉桜の間からは時折、ちらちらと明るい光がこぼれる。自転車を漕いでいると汗ばむほどの暑さだが、木陰を渡って吹き抜けてゆく風がひんやりと心地よい。吉祥寺から三鷹にかけて、このあたりの住宅地が持っているしっとりと落ち着いた雰囲気がとても好きだ。

しばらく走ると運動公園、野球グランドやプール、体育館がある。鷹女が成田にいた母を引き取りここに終の棲家となる家を新築したのは昭和二十七年。アメリカ軍に接収された土地が返還され武蔵野市役所を中心に街が整備される途上にあった頃だろう。当時、吉祥寺の人口は約五万六千人。新興住宅街として都心に通うサラリーマンのねぐらになりつつあった。標識に記載された番地にあたりをつけて表通りから左の住宅街の小道へ曲がる。地図を忘れてきたことを後悔しながら、さらに狭い路地を入ってゆく。

「俳句評論」の寺田澄史が「鷹女葬送記」に鷹女の家を探し当てるのにさんざん迷った顛末を書き綴っている。なるほど入り組んだ路地の一角にある鷹女宅を見つけるのは難儀だっただろう。目当てのバス停から五十メートルほどと書いてあったものの、いったいどの通りなのやら。このあたりはマンションや駐車場も多く、古い住宅を建て直したらしくモダンな建築の家も多い。鷹女の家も代替わりして、もとの姿はとどめていないかもしれない。

突然黒い大理石に行書体で白く三橋と彫られた表札が目に飛び込んできた。通りに面した古い母屋はしんと静まり返っている。玄関脇に四角く突き出した部分が葬儀のとき待合室に使われた応接間だろう。西に面した庭はかなり広々としていて、一人息子の陽一が薔薇を丹精し、のちにはご主人が羊歯を植えられた庭とはまさにここであろう。玄関から庭に通じるあたりの白いアーチにオレンジの蔓薔薇がほつほつ咲いているのが見える。この家は先にこの地に住んでいた建築家であり俳人の加倉井秋を氏が設計したと聞いている。

ばらの如き娘のあり吾子を愁へしむ

鷹女さんとのお近づきが始まったのは、丁度、『白骨』所載の、この一句の頃からである。私と同じ武蔵野市に居を移されることになり、私にその設計を依頼したい、ということから、しばしばお会いする機会をもった。多分、安住敦さんの紹介で最初は牛込のお宅でお会いしたと思う。

（「鷹女さんの横顔」加倉井秋を）

掲句の娘さんは加倉井氏の二人のお嬢さんらしい。女の子を持たなかった鷹女には柔らかなほっぺを持つ愛らしい顔や優しい仕草が咲きこぼれた薔薇のように思えたのだろう。当時武蔵野には富沢赤黄男も居を構えていた。また細見綾子も住んでいたが鷹女とは交際がなかったようだ。

※

居を定めて武蔵野の地にようやく落ち着いた鷹女のもとへ二人の青年が訪ねてくる。高柳重信と本島高弓だった。

昭和二十八年、僕は再三にわたって鷹女を訪ね、その一年前に富沢赤黄男を擁して創刊した「薔薇」への参加を、繰り返し慫慂することになった。しかし、昭和十三年に「鶏頭陣」を退いて以来、戦後の俳壇の再編成の時にも、どの俳誌にも遂に参加せずに来た鷹女が、よもや僕の言葉を真剣に聞いてくれるとは、ほとんど予想していなかったのである。だが、意外なほどに、鷹女は早々と「薔薇」への参加を決意し、それから二十年近い歳月を、ずっと僕と行動を共にすることになった。

（「鷹女ノート」高柳重信）

鷹女は即答したわけではない。「薔薇」は同人誌ではなく富沢赤黄男を擁する結社誌なのだ。それまで鷹女に赤黄男作品への熱烈な支持や共感があったとは思えない。奔放で自己主張が強いとは言え、今までの鷹女の俳句は従来の俳句の枠を大きく踏み出すものではなかった。赤黄男の作風を頭から浴びるとなれば、自分の身についた俳句手法を捨て、俳句自体が言葉でリアリティを獲得する場所まで歩み出さねばならない。言葉を変えて言うなら、実感と読み手の共感を下敷きに季語を中心に作る俳句から、重層的に織り込まれた言葉から未知の世界を描き出す俳句の創造へと大きく自分の作風を転換してゆくことである。

「今度、ある結社に属しようと決心したので、あなたにそれをお話ししようと思うの。どこか、わかりますか」と言われた。私はいろいろな結社名を挙げたが、どれも当たらなかった。

―中略―

「どこへゆかれるのですか」と聴くと、「薔薇です」ということであった。「あなたはどう思われますか」と意見を求められたが、当時としては、ことの意外さにしばらく返事ができなかった。いいとも、悪いとも、しどろもどろの答えをしたことを思い出す。実を言えば、その頃、酒を呑むとすぐにからむ高柳君の言動にへきえきしていたので、双手を上げて賛成する気になれなかった。

（「鷹女さんの横顔」加倉井秋を）

前掲の加倉井の文章には高柳から誘いを受けた鷹女から相談を受けた様子が書かれている。加倉井のとまどいは当時の俳壇の一般的な見方だったろう。周囲の俳人達から見れば鷹女は山本健吉から四Tの評価を得た名だたる女流俳人のうちの一人である。「薔薇」に入ることは俳壇の名声を捨て、異端の流れに身を投じることでもあった。当時の俳壇における「薔薇」の位置について、「薔薇」内部の雰囲気について、高柳重信は後年、次のように回顧している。

この「薔薇」は周知のように富沢赤黄男主宰の結社雑誌であり、僕が編集した雑誌のうちで、同人雑誌でない唯一のものであるが、しかし、赤黄男を中心とした社内の空気は、その自由闊達さにおいて、同人雑誌のそれにほぼ準じたものであった。

—中略—

たしかに、当時のいわゆる「薔薇」一門は、俳壇の一遇（ママ）の、わずか一とにぎりの異端分子としてとり扱われていたし、あまり使いたくはないが、「不遇」という通俗の言葉が、いちばんぴったりと当てはまる状況下にあった。しかし、だからといって、俳壇を白眼視する小さな結束のなかで、特殊な自負心を甘やかしていたというわけでもなかったし、また、俳壇進出をねらってあの手、この手を画策するという雰囲気でもなかった。

—中略—

僕たちは、それぞれに自分自身であることに満足であったし、また、それに不満でもあった。その不満は、俳壇における自分自身の処遇の中にあるのではなく、自分自身の中にある俳句の現況について、いつも燃えさかっていたのであった。（「宇都宮雑記」）

当時の高柳は鷹女が愛してやまない息子陽一と同じ三十歳。誕生日もわずか二日違いである。その事実を知って、運命的な出会いと感じたことも大きな要因だったかも知れない。

これは私の憶測だが、高柳は非常にストイックな作家であり妥協をしらない。その生真面目な気質が鷹女の芯にあるひたむきさと共鳴したのかもしれない。ひとたび俳句となれば社交辞令など一切交えない厳しい鷹女である。その気質が本音しか言わない高柳の真率さを直に受けとめたのだろう。

郷里の母を引き取り、居住も落ち着いたものの、神経質で過敏な感受性を持つ鷹女は五十も半ばを過ぎた自分の情熱をどこへ差し向けていいやら苛立っていただろう。ゆさはり句会で創作意欲を刺激された心は俳句で互角に戦える相手を求めていたのではないか。その心が高柳が熱っぽく語る「薔薇」への参加を決意させたのかもしれない。

息子陽一さんの奥さん三橋絢子さんのお話によると鷹女は早世した「薔薇」の若い俳人の死をしきりに残念がり心から悼んでいたそうである。その俳人が高柳と同行した本島高弓であるなら、吉祥寺の自宅に訪ねてきたこの二人の青年俳人を鷹女は好意を持って迎え入れたのだろう。戦前から「鶏頭陣」を最後にどこの結社にも俳誌にも属さず孤高を保っていた鷹女が参加してくれるとは思っていなかった重信は予想より早く参加の返事を鷹女からもらうことになる。以後重信との信頼関係は鷹女が亡くなるまで続く。「薔薇」から「俳句評論」へと鷹女は身を寄せるべき場所と仲間をついに見つけたのだった。

「薔薇」への参加

昭和二十八年「薔薇」十一月号、編集後記には次のように記されている。

本誌から三橋鷹女さんが同人に参加された。ご承知のように三橋さんは現俳壇における女流俳句作家の最高峰の一人である。三橋さんの参加は「薔薇」にとっても非常に力強いものを感じさせる。

——高柳重信

この号より、「薔薇」は同人制に改編。鷹女は三好行雄、鷲巣繁男などとともに同人になると同時に編集委員になった。「薔薇」の編集は実質高柳重信がやりながらも、その運営については編集委員の会議のもとで方針を決定。協力して雑誌を盛りたててゆく体制をとる。と、編集方針が記載されている。鷹女に参加を呼びかける段階でも赤黄男を主宰と仰ぐのではなく同格の作家としての参加要請だったのかもしれない。

「薔薇」は三十二ページほどの薄い雑誌。ところどころに挿しはさまれたカットは富沢赤黄男が書いている。黄色く変色した雑誌の活字は擦れて読みにくくなっているが、随所に富沢赤黄男を中心に俳壇の俳句とは違う俳句を作り出そうとする意気込みが感じられる。鷹女の参加したこの雑誌は今まで鷹女が所属した結社や同人誌とは大きく性格が異なっていた。重信自身が述べているように「薔薇」は従来の俳句に対して一線を画する抵抗精神が根底にあること。各人各説独立独歩ながらもその中心は厳しい詩精神に貫かれていることなどなと、鷹女にとっては新鮮でありながらも自分に手厳しい脱皮をせまるものとして意識されただろう。十一月号にさっそく鷹女は作品を十句提出、富沢赤黄男とともに雑詠欄の選者にもなっている。

十章

黒鍵を打つ一匹の怒り蜂
蚯蚓跳びあがる極刑を受くるや
水中花劣等感を享け継げる
天の手芸講習了る青葡萄
生と死といづれか一つ額の花
我らが哭きがちやがちやがちやが鳴き闇地獄
庭園に不向きな赤い唐辛子
耳鼻科の椅子の少年の掌に秋の蟬

小説の終りより虫鳴き始む

鴨翔たばわれ白髪の嫗とならむ

最後の句は特に鷹女が気に入っていただろう句で、揮毫しない鷹女には珍しく短冊としても残っている。成田の三橋家の墓所内にこの短冊の字をうつした小さな句碑が建てられている。もし、この水面にいる鴨が飛び翔ったならば、私はたちまちのうちに白髪の老婆になってしまうだろう。渡り鳥である鴨は編隊を組んで群れで行動する。飛び翔つときも着水するときも行動は一斉である。「鴨翔たば」、この言葉に、目の前が暗くなるほどたくさんの鴨が喧騒のうちに飛び立つ様を想像させる。細かい羽毛を散らした水面の波立ちも収まり、再び静寂を取り戻した沼に残された女がたちまちのうちに白髪の老婆になっている図はおそろしい。「嫗とならむ」の措辞にはまだ若さも元気も残っているけど、もし鴨が飛び立ってしまうとたちまち老婆になってしまうだろう。不吉な予感に怯える気持ちと、どうあがいても仕方がないといったあきらめが同時的に感じられる。従来の俳句形式に馴染んでしまえない自分。そうした自分を前面に押し出し表現することへの不安と焦燥。今や鷹女は過去の名声を捨て、まったく新しい俳句への出発地点に佇んだのだった。

※

鷹女が所属した『薔薇』の主宰である富沢赤黄男は新興俳句の中心的作家であった。新興俳句と一口に言ってもいろいろな流れがあるが、彼が俳句の出発において直接影響を受けたのは昭和十年代、春山行夫の『詩と詩論』を中心に始まったモダニズム詩だったろう。鷹女が所属を決めた「薔薇」の主宰である赤黄男俳句がどのような特色を持っているのか。まずはそこから考えてみたいと思う。

今日の詩人はもはや断じて魂の記録者ではない。また感情の流露者ではない。彼は、先鋭な頭脳によつて散在せる無数の言葉を周密に、選択し、整理して一個の優れた構成物を築くところの技師である。

（「新散文詩への道」北川冬彦『詩と詩論』第三冊）

この言葉からは「言葉が言葉を生み、文字が文字を呼ぶ、さうした形式主義的な僕の世界、つまり技術者として登場してきた僕」という高屋窓秋の言葉が想起される。新興俳句運動のホープであった高屋窓秋は最初から自らの詩法に自覚的であった。

モダニズムの詩人達は日本の伝統的な美意識から抜け出ようとしていた。彼らはまた多く短詩を作った。

春　　安西冬衛

てふてふが一匹韃靼海峡を渡つて行つた。

馬　　北川冬彦

軍港を内臓してゐる。

イメージを喚起させるためには短ければ、短いほど読み手の想像力が増幅する特質を利用したとも言える。北川自身の言葉は短詩運動について、次のように述べている。

「私の詩作はフランスのエスプリ・ヌゥボウの詩に刺激されたところ多大であったようである。それが安西冬衛との遭遇によって激化されたことはまぎれもない。昨年。安西冬衛が大阪から出てきて私の家に泊まったとき、「亜」の話がで、「僕らは何も彼らを模倣したのじゃなかった、あれは世界的気運であって、つまりコレスポンデンスだったんだ」と云ったが、たしかにそう考えていいだろう。私たちはイメージの立体構成ということに気を使っていた。形式的韻律（リズム）なんか念頭になかった。感情流露を事とする既成の詩を軽蔑し、新風樹立にいそがしかった」

（『北川冬彦詩集』宝文館　あとがきより）

この言葉は赤黄男の初期の俳句に繋がる流れとして受けとることができる。

赤黄男は、草城の影響というよりも、当時の詩壇における「詩と詩論」その他の活動に心を惹かれながら、きわめて異色の新風を俳壇にもたらし結果的には新興俳句運動の最後の華となった。

（高柳重信『新興俳句運動概観』）

赤黄男において「詩と詩論」の影響は直接的である。彼が深く畏敬の念を抱いていた高屋窓秋との会話を見ると、彼らがこの先鋭な詩の世界に深く依拠し、「詩」としての俳句をめざしたことがわかる。

《君はどうやって俳句を作っているのか。》

ぼくはひと言、
《イメージ》
《ぼくも同じだ》と、赤黄男
（川名大「新詩精神運動から戦争俳句へ」）

赤黄男が句日記に書き付けた俳句の原型と「旗艦」に掲載された俳句、そしてモダニズム詩との共通点を並べてみると次のようになる。

富沢赤黄男

『朝』
ガラス窓がみんな壊れてしまふ程
よい天気。（「句日記」）

窓ガラス壊れてしまふよい天気　（「旗艦」昭和十年十月）
（「新詩精神運動から戦争俳句へ」より引用）

北川冬彦

「海」

さびしい街のガラス窓がみんな破れてゐた。

（『検温器と花』　大正十五年十月）

赤黄男はこの句を自選百句（「未定」83号「富沢赤黄男特集」）の中にも入れているので、記念碑的一句と考えていたのだろう。この類似を見ると初期の赤黄男のはその発想を短詩に学んだことがわかる。いわゆる季語を核とせず、題をテーマに発想し、そのイメージに一句を構成している。できた俳句からは句日記の表題「朝」を推測することはできない。かたや北川冬彦の短詩に「海」という表題は一行詩を読む上で欠かせない。前述の安西冬衛の「春」も北川冬彦の「馬」も同様である。連作の試みから無季俳句が生まれたように、触発された題から発想を得たあと契機になった言葉を探す手がかりが残っていないことも多い。

この一行詩と新興俳句の句の構造的類似を考えるとき、「季語」からへ俳人の感性や抒情を核にしたキーワードへの質的転換がわかる。連作の中から生まれたとされる「無季俳句」であるが、俳句の内部で季語に代わる言葉の質的転換なくしては成立しようがない。これは赤黄男のごく初期の試みではあるが、赤黄男にとって俳句は詩であり、言葉の構成によって自己内部と世界を結びつける一回性のものでなければならなかった。目指すところは言葉の結合によるイメージの重層化であり、内部の心象風景を俳句に結晶させることでもあった。

「俳句は詩である。といふことは、その本質が詩的であり、その内容が詩的であり、その精神が詩的であることを意味する」「全ての作品は、その作品のもつリアリティによつて完結しなければならず、作品以外のどのような条件や要素によつても、そのリアリティを決して保証されてはならない」。赤黄男の俳句理念は極めて厳しい。

戦後の赤黄男の俳句は戦前戦後の混乱の時代を経た後、抽象化の度合いを深めていた。彼の真面目な性格をそのまま反映するかのように、同人達も論と実作で極めてストイックに俳句を追及してゆく人ばかりであった。言葉を変えて言うならば「俳句が読み手を選ぶ」そんな自負心を持った集まりでもあった。その性格は「薔薇」解散後、高柳重信の率いる「俳句評論」へも受け継がれてゆくことになる。

話がやや煩雑になってしまったが、鷹女『羊歯地獄』の俳句は一般に「難解だ」と敬遠される。それは、俳句を詩と考える赤黄男と「薔薇」同人達に出会い、深く影響を受けた結果である。この時期の鷹女俳句は確かにとっつきにくいし、読みづらい。この時期の彼女の俳句を理解するには、同時期の赤黄男の俳句と彼を中心にした結社から鷹女が何を吸収しようとしていたかを考えなければならないと思う。

鷹女と赤黄男

鷹女と赤黄男は同じ吉祥寺に住んでいたが、「薔薇」に所属するまでは、面識がなかったようだ。「最後の訪問」と赤黄男の病床を見舞った文章の中でそれまでに一回だけ「薔薇」の同人達と赤黄男の家を訪ねたことがある、と述懐しているのを見てもそれまでの鷹女と赤黄男の関係が推し量れる。ただ、「薔薇」への参加は俳句を詩と考える赤黄男への共感とともに、従来の俳句から決別して、詩として高めようと並々ならぬ決意のもとに入ったことが感じられる。

それでは、鷹女が「薔薇」に発表した作品を昭和二十九年一月号から見てゆきたいと思う。

　十方にこがらし女身錐揉に
　蔦枯れて一身がんじがらみなり

十方におこるこがらしの中で錐揉みに揉まれる女の身体を表現した句であるが、世の中や家庭環境に左右されるしかない、頼りない女の身の上。その境遇のままに年を重ねる焦燥感と苦悩を鷹女が本来持っている機知を通して具体的なイメージで描き出している。

この句の背後に赤黄男の「錐をもむ　暗澹として　錐をもむ」の影響が見られるようにも思うが、鷹女の句には赤黄男のように自分の内面へ錐をさしこんでゆくような暗さや内省はまだ見受けられない。「蔦枯れて」の句は針金のように枯れ果てた蔦に捕縛されてがんじがらめに捕縛される対象を自虐的に表現している。この時期の鷹女が模範とした赤黄男であったが、数年後完全に沈黙してしまう。その過程にあった赤黄男の俳句は抽象化の度合いを強めていた。

草二本だけ生えてゐる　時間　　赤黄男

この句は二十九年十月の「薔薇」に発表され、赤黄男の代表作としてよく取り上げられている。この草二本、が何を表しているのか。メタファについて高柳重信は次のように述べている。「一つの物象を描きながら、類比というか、類推というか、そうした感覚によって、思想を暗示し喚起する方法である。それは物象と思考形態の二重映しである」（「写生への疑問」）

ここでは、赤黄男内部にある孤独で殺伐とした心象風景が映像化されているのだろう。赤黄男がめざしたのは、過去、現在、未来という一定方向の時間の流れではなく、「時間」と書きながら時間の流れを否定した真空のような空間だったのかもしれない。一字空きもこの頃の赤黄男句の特色である。切れ以上に深い断絶を句の中に作るべく、空白が置かれているのだろう。この句はあらゆる面から深読みされているし、重層化されたメタファーを読み解こうとその深読みを誘うのもこの一字空きの手法なのだろう。そしてこの手法はここではこう読んでほしいと作者側の意図を強く伝えるものだろう。（この一字空きの手法については、鷹女もやがて多用するようになるので、そのときに詳しく見ていきたいと思う。）

自己の内面へ向かう赤黄男の俳句は抽象度を高めるとともにだんだんと孤立化してゆく過程をたどることになる。直観力のすぐれた鷹女は赤黄男以上の表現力を持っていたが意識的に抽象化の度合いを深める句を作ろうとしたのではなかっただろう。この頃の鷹女の発表句を見ると、赤黄男の手法を積極的に取り入れ、自分の句を根底から変えようとする姿勢が見受けられる。

※

この時期「薔薇」誌上に発表された句は『白骨』で捉えた孤独と死の影を自分で拍車をかけて重苦しい方向へ追い込んでいるようにも思える。昭和三十六年俳句評論社から出した句集『羊歯地獄』の自序にある言葉は「俳句評論」での鷹女の格闘を如述に物語る。

一句を書くことは　一片の鱗の剥脱である
四十代に入つて初めてこの事を識つた
五十の坂を登りながら気付いたことは
剥脱した鱗の跡が　　新しい鱗の芽生えによつて補はれてゐる事であつた

だが然し　六十才のこの期に及んでは
失せた鱗の跡はもはや永遠に赤禿の儘である

今ここに　その見苦しい傷痕を眺め
わが体を蔽ふ残り少ない鱗の数を数へながら
独り　呟く……

一句を書くことは　一片の鱗の剥脱である

句の印象はどんどん自虐的になり、一つの方向へ言葉を突き詰めてゆく結果、かえって単純で類型的な表現になってしまう句も見受けられる。そんなことは鷹女には自明のことだったろうが、とにかく書いてなにかを通過する必要があったのだろう。自分の感性で捉える「死」や「孤独」の表出の仕方がナマで毒々しく、詰屈な表現であろうと鷹女は避けて通らなかった。

生き地獄血の池地獄氷り初む
蹲る地の底までも枯れ極む
風花の窓開きなば狂ふべし
踊るなり月に髑髏の影を曳き　（「薔薇」昭和二十九年二月〜十月収録）

手馴れた手法で、多数の共感を得る俳句表現を駆使して俳句を作ることなどいくらでも出来ただろうが、鷹女は身に添った方法を捨て、一から自分の存在を言葉で洗い出そうとしていた。『白骨』以来鷹女の句には「老い」と「死」が見え隠れするようになるが、それは自らの現実の境涯をいかに抽象化して言葉で突破してゆくか、その試行錯誤の連続にも思える。

白露や死んでゆく日も帯締めて

いちじくや才色共に身にとほく　（『白骨』所収）

これらの句に描きだされた「老い」や「死」は幻想的で美しい。これまでの「老い」や「死」は本来鷹女が持っているナルシズムや美意識を崩すことはなかった。赤黄男や高柳と交流を重ねるうちに自分の句の甘さを払拭し自己の内面を凝視しようとする心持ちが生まれたのだろう。

三章

積むや雪無言女仏の息あらび
北風の眉ひきいのち死なざりき
心中に火の玉を抱き悴めり　（「薔薇」昭和二十九年三・四月号収録）

この頃の鷹女は発表の際、以前のように題をつけることはなくなっていた。ただ発表句の数に沿って、三句であれば「三章」五句であれば「五章」と簡単な表題をつけるのみ。

水に死し蝶自殺かも知れず　（「薔薇」昭和二十九年八月号収録）

白蝶の涼しき水死見守れる　（『白骨』所収）

ほぼ同じ発想の句であるだろうが、「白骨」所収の句は白蝶を自分から切り離した対象として、観察している視線が感じられる。対象と自分を切り離して蝶を見つめている立ち位置が、「薔薇」に発表された形では水死から自殺へと変化し、羽を濡らして二度と飛び上がれぬよう水に飛び込んだ蝶に色濃く自分の影を投影している。

春眠や金の柩に四肢こほらせ　（「薔薇」昭和二十九年五月号収録）
青葡萄天地ぐらぐらぐらぐらす　（「薔薇」昭和二十九年十月号収録）

ここには従来の鷹女が持っている美意識と意識の裏側にある「死」や「不安感」が言葉となって過不足無く表現されている。「春眠」は「春眠暁を覚えず」とあるように、誰にとっても快い眠りであるが、豪奢な金の棺に四肢を硬直させる情景を造形することで「春眠」に真逆のイメージを付与している。次の句も葡萄棚より垂れる青葡萄が青空から生え出ているがごとく存在感で描きだされている。青葡萄を回転軸に見上げる自分が立っている大地が空と逆転してしまう不安感が「ぐらぐら」の連続表記に現れている。

二十九年七月号は「薔薇」二〇号記念号であり、「薔薇」新人賞の審査員として赤黄男と並んで鷹女が坐っている写真が掲載されている。

「薔薇」に参加した頃から鷹女は一般投句の選句をも引き受けていた。鷹女が指導していた「ゆさはり句会」からも　三村婦久子、三村勝郎などが参加している。

鱈の瞳の虚ろ北海の夢消えて
退屈な海もりもりと柿食ふ　　三村勝郎

母の娘と思ふ煮凝食うべつつ
海を来し秋風何をもたらすや　　三村婦久子

この二人は「ゆさはり句会」発足に尽力したのち遠くの土地に転勤になった。直接句会には参加できないメンバーもこうして「薔薇」の鷹女選者の投句欄に投句することで、つながりを保っていたのだ。

こうして『羊歯地獄』刊行までの八年間。鷹女の苦闘の日々が幕を開けたのだ。

『羊歯地獄』当時の鷹女

第七章　第四句集『羊歯地獄』

波を織り波を織りつつ透き通る

前述したあまりにも有名な『羊歯地獄』の自序であるが、この句集を読むのにいつも息苦しさが伴うのは、鷹女の切羽詰った俳句への思いがこの一集に閉じ込められているせいかもしれない。『羊歯地獄』は俳人としての鷹女が決定づけられた句集であろうが、外部からどう評価されていたのか、『高柳重信全集』第三巻に収録されている「現代俳句を語る」という座談会を参考にしながら考えてゆきたいと思う。（収録は一九八〇年頃。出席者は飯田龍太・大岡信・吉岡実・高柳重信）女流俳人について話を進める中、飯田龍太が鷹女について次のような発言をしている。

飯田　戦前と戦後の女流の違いは、戦前の女流は好奇心にウエートが置かれて評価されている。戦後の女流は技術的なテクニックの問題にウエートがかかってきたという感じがしますね。

――中略――

もう一つ異色な人は三橋鷹女さんね。※高柳さんは新興俳句のところで新興俳句のことを、かなり厳しく言われたけど、一番きびしい責めを負った人は鷹女さんじゃないかとぼくは思っている。（傍線著者）私はあの人新興俳句のいちばん生贄になった人だと思うね（笑）。戦前、戦中、戦後にかけても、性別を問わずにね。

吉岡　生贄という意味がちょっとわからないんだけど、どういう意味で…。

飯田　要するに一般の大衆の共感を得なかったということですから、拍手喝采を得るに至らなかったということですね。あとは、ある意味で言えば、女流の場合はみんな拍手喝采型ですね。

大岡　そうか、そう言えばそうですね。

飯田　女流の特色ということになると、だいたい拍手喝采型。

大岡　鷹女さんというのは、富沢赤黄男さんとわりと対になってぼくの頭のなかにあるんですけど、鷹女のほうが女性であるために句を非常に肉感的にとらえているところがあるから、赤黄男さんよりは、まだそれでも言葉のなかでときどき幸せだったんじゃないかという気がする。富沢赤黄男さんという人は言葉との付合いでどうも幸せじゃなかったんじゃないかという気がしてるんですよね。

※の傍線部分は前段で、重信が新興俳句運動について俳句に方法意識を導入し日常次元から独立した言葉の世界へ踏み出そうとした試みではあったが、窓秋、白泉、三鬼、赤黄男を除いての大多数は心意気の段階であり、新興俳句総体がなんだったかといえば漠然としてしまっている。といった発言の部分を受けているのだろう。その中で重信は次のように述べていた。
「(この四人へと流れてゆく道は)かなり言語観が違っているわけですから、文学的に手ぶらなかたちで俳句に関わってきた人たちには、そこのところを理解することができない。だから、新興俳句の典型的な俳人は、結社の主宰者として多くの弟子に囲まれるというようなことにはならない。結局、みんなそういう運命をたどることになった。なんとなく俳壇の片隅の人になってしまった。」

新興俳句の流れをくむ「薔薇」に身を寄せた鷹女が俳句を詩と考え自己の内部を抽象化し、イメージとして表現しようとした。その彼女の俳句が「一般の大衆の拍手喝采」を受けずに辺境の俳句であり続けたこと。言葉の純粋性を高めるために言葉を削ぎ落とし、孤立を深めていった在りかたを龍太は新興俳句の「生贄」と表現し、大岡は富沢赤黄男と鷹女を対にしてとらえているのだろう。龍太は女流の特色として「拍手喝采型」と表現しているが、それは男性がほとんどだった俳句の世界で有季定型の規範からはみ出さず、素直で柔らかないわゆる「女らしい」感性で表現された俳句を生み出す女性俳人という意味だろう。

高柳重信は三十一年四月号の「薔薇」掲載の「俳壇閑談」でいわゆる「女性俳句」で歓迎される「女らしさ」について次のように述べている。

各時代の女性は、常に各時代の男性の好尚にあわせて、自らを形成してゆくものである。「女らしさ」というものも。いうなればこの所産であって、何が女らしさであるのか、その「何」を決定するのは女性ではなくて、常に男性なのである。

そして鷹女はこうした外部から男の目で規定された「女らしさ」を見事に拒絶しているがそれとは別に「鷹女ほど女であることの誇りと悲しみを切実に書いてきた作家も少ない」と述懐している。龍太のいう「拍手喝采型」とは男が期待する女性像を忠実に反映した女流ともいえるが、異色の女流として注目された鷹女は「薔薇」に参加して自らの創作の原点を見つめつつ、女流と言われることに反発を感じていただろう。

鷹女も戦前は夫、剣三や石鼎、蕪子らの指導と後ろ盾を得て拍手喝采のうちに登場し、人々から賞賛を得た女流であった。それがどのように変遷してゆくのか、例えば次の二句を比べてみよう。

霧冷えの音を近づけぬ火事太鼓

静かな夜もよほど更けて居ると見えて、一面に霧が籠めて居る。その霧の遥か遠い奥から霧冷えに湿つた鈍い太鼓の音が段々とこちらの方へ近付いて来る、といふのである。「音の近づきぬ」といふところを「音を近づけぬ」と火事太鼓を打つ者の働きとして叙してある所が、如何にも霧冷えに太鼓の皮のたるみ鈍つた音を現実に聞かすやうになつて居る。

（昭和九年「鹿火屋」三月号「女流俳句について」原石鼎評）

祭太鼓鳴り狂ひつつ自滅せり（『羊歯地獄』所収）

二十一年の歳月は有季定型を心棒にして俳句を書くものにとってはさして長い歳月ではないだろう。年齢の積み重ねで対象をとらえる言葉に変化は生じるだろうが、作風が百八十度変わるようなことは起きようがない。自意識を消して対象を見つめることで言葉を得る。句の中心にある季は自分より大きなテーマなのだ。

鷹女はその方向軸をまるで逆に持ってこようとしている。自らの内的必然にしたがって言葉を獲得し言葉で赤黄男のいう「リアリティ」を獲得しようとしているのだ。前者の句の場合石鼎が鑑賞しているように中心は自分ではなく火事太鼓を打つ者の働きによる太鼓の音であり、それを霧の夜のリアリティを感じさせるべく表現している。自身の存在や内的心の動きは近付いてくる太鼓の音の裏側に隠されている。

「俳句的」に洗練された手法から言えば後者の句は身も蓋もない。「鳴り狂う祭り太鼓」は彼女自身の混乱の独白である。しかもそれが「自滅せり」なのだからダメ押しもいいところである。彼女が表そうとしたのはもはや日常の小さな感慨を俳句という器へ切り取って表現することではなかったし、季語をフィルターに自分の思いを託すことでもなかった。抽象化しようとしたのは彼女自身の存在でありそこから絞り出す言葉が今まで見たことのない地平を開くことであつた。この途方もない企てを目指したしんどい表現の前に「物言わぬのが俳句」と、余韻と滋味を楽しむ読者が蜘蛛の子を散らすように逃げてしまったとしても仕方のないことであった。

『羊歯地獄』は鷹女が歩いた過程を記録したものであり、「一句を書くことは、一片の鱗の剥脱である」という序の言葉はまったく正直な独白であった。俳句の枠の中で書き継ぐなら鷹女は充分に「拍手喝采型」俳人であった。しかし、それとは遠く離れ「鳴り狂う」姿を晒しながら鷹女は自身の俳句を模索し続けた。

※

鷹女の『羊歯地獄』を重信は次のように評している。

まさに手のつけようのない女の情念の深い深い常闇としか思えないものがおどろくべき執念深さを発揮してついに辿りついたところ、いわば静まりかえった恐ろしどころの光景にあった。

（「鷹女覚え書き」）

続けて「往年の鷹女俳句の愛好者たちが、（『羊歯地獄』の諸作品のように）より強烈に鷹女の特色が出ていると思われる作品に対するときまって判で押したようにみな一様に背をむける」と述べている。そんな鷹女を龍太は先の座談会で「恵まれない人」といっているが、あえて自分をそういう方向へ振向けなかった鷹女の性質を高柳は次のように述べている。

高柳　鷹女の句というのは、通して読むと、非常に涙ぐましい感じがするんですね。やっぱり女だなあと思います。

大岡　女の宿命というものをいつも考えて、そのうえでうたっているからね。

飯田　それから下賤な女の志でなくって、ある意味で恵まれた世界の、あれは一つのプライドだね、鷹女の詩精神というのは。それに比べると失礼になるけど、極端な例からすると長谷川かな女さんと対照的だな。心の貴族、清少納言みたいなね。

大岡　うまいことを言うものだな。（笑）

飯田　これはオーバーだけども、いま清少納言が生きていると、鷹女みたいになっちゃうんだ。ひねこびてね。

高柳　ただ女流というのは、いつも誰かを頼りにしながらも、同時にそれに反発する形になりやすい。鷹女の場合、それは原石鼎とか富沢赤黄男とか永田耕衣などで、影響を受けながらもそれに反発することで伸びてゆく。

飯田　杉田久女という人は妥協したと思うね。鷹女さんという人は死ぬまで妥協しなかった人だね。

―中略―

（女性俳人の中で）鷹女さんの系統は少ないんですよ。清少納言が。そういう意味では三橋鷹女さんという人はだんだん別な意味で認識されてきやしないかという感じを持つね。

女性俳人の流れを概略的にとらえた座談会での会話の一部である。観念に傾く鷹女の性質を「ひねこびる」という言い方は意地悪いが印象深い。鷹女は徹頭徹尾「言葉の人」である。幼少期の短歌との出会いや文学との出会いを考えてみても、言葉が彼女の性質を形作ってきた。彼女の俳句は外部との出会いに触発された感慨を表しただけでなく、言葉で探りながらその先にある世界と出会い続けたように思う。高柳、赤黄男との出会いによって鷹女は自分が「言葉」で俳句を作るタイプであることをはっきり自覚したことだろう。その意味での「清少納言」という形容であればこの言葉は理解できる。

「女性俳人に鷹女の系統は少ない」というくだりは、高柳が常々言っていたように「作品に書かれた言葉のみでリアリティを証明させようとする」俳句手法をとる作家という面から見ればそうだろう。言葉の観念が先行する作家と言ってもいいかもしれない。女性でそのような書き手はいなかったし、鷹女以後中村苑子、津沢マサ子など、その系譜に繋がる書き手を生み出していったともいえる。

付け加えておくなら龍太の言うようにプライドの高い鷹女ではあったが、前述したようにこの時期の鷹女はプライドをかなぐり捨てている。高柳が「俳句評論」の創刊号で書いているように、自分にとって新しい俳句を書こうとする行為は「いちいち自分で自分自身の胸の中をのぞきこみながら沢山の夾雑物と一緒に新しい何かをつかみ出さなければならない。つかみだしたものの中で、どれが新しい何かで、何が夾雑物であるか、その選別も容易ではない」状態だったろうから。昭和三十年代前半の鷹女は、自分の赤裸々な内面を覗き込むことで、何かが見えると、直感した方法を突き進むしかなかった。

「俳句評論」刊行

さて、昭和三十二年、鷹女の所属した「薔薇」は終刊し、「俳句評論」となる。「薔薇」最終号に高柳重信は次のように書いた。

「薔薇」は枯れつくして終刊になるのではない。「薔薇」が創刊以来ずっと堅持して来た在野的な不屈の自由な精神を、より普遍化し、さらに広く生かすため進んで発展的な解消をするのである。

そして鷹女も新雑誌になっても引き続き参加する。鷹女の身の回りの変化といえば、昭和三十二年愛息陽一が結婚したことと、成田から引き取った老母がこの世を去った。主人の剣三も病気がちで家庭においても鷹女にとって気苦労の多い生活が続いたことだろう。自筆年譜には表立って書いてはいないが複雑な案件を抱え込む出来事もあったようだ。鷹女をよく知る「ゆさはり」句会報編集発行人の川本茂樹氏の鷹女評にこの時期の鷹女について次のように書かれている。

鷹女は自分に関して言われたことについてひどく敏感である。それは何日ものあいだ彼女の頭を占領してしまう。偶偶そんなときに訪ねたならば、対座のあいだ中彼女の話題がその問題に集中されることを覚悟しなければならない。

—中略—

彼女が語るのはもっとも身近な生活的な「こと」にしか過ぎない。断片的な些事を通じて秩序が確立されてゆく。彼女の苦悩は妥協を許さない。彼女には弛緩がない。これが鷹女を多忙にし、病身にし、且つその俳句を成立させる。句作においても実生活においても自己を鞭うたねば生きていけないのである。

（「薔薇」三十一年四月号所載）

「今何を詠みたいか」という三十三年「俳句評論」六月号のアンケートに「孤独」と答えた鷹

女である。生活の諸事情を通じて彼女が心底感じていた女としての「孤独」を言葉の風景として現出させること。この頃より『羊歯地獄』のテーマは自ずと鷹女の中で固まっていったようだ。

※

「俳句評論」二号の俳句時評「編集者の言葉」の中で、高柳重信は「俳句評論」創刊に関して次のような文章を掲載している。

僕が「俳句評論」にいちばん期待していることは、今日の僕がいったいこれは、どういう考えで作品を書いたり文章を書いているのか、ちょっと簡単には理解できないような、そういう作家たちを、もしもそれが存在するならば、進んで招待して、彼等に発表の舞台を豊かに提供することにある。（「俳句評論」二号）

俳壇の評価や審査とは別のところに編集の基軸をおいていることがわかる。

そして、「俳句評論」昭和三十五年七月発行号に鷹女は「海峡」と題して『羊歯地獄』の中心となる十二句を発表している。

饐えた臟腑のあかい帆を張り凩海峡
大海のまんなか凹み死魚孕む
もう一漕ぎ義足の指に藻を噛ませ
巌氷る怒髪のうにを置き曝し
化石にはりつく化石の胴體浪まんだら
浪から上つた鯛の横縞浪血走る
島は島ぶし貝の柱に刃先入れ
亡母貝掘るらくだの背のやうな海面
藻にあばら軟體魚族巻き搦め
讃美歌や足長くらげ砂に溶け
干河豚の身が透く萬波沖へ去り
巌の断層横貌刻み月の横貌
抜手切る龜よ落暉は沖で待つ

鷹女は『羊歯地獄』の昭和三十四年、四十二句からなる部立てでこの題名をそのまま使っている。ただ、当時の構成と句集収録の構成では決定的に違うところがある。句の並びを変え、一字空きの表記を多用している。

次が『羊歯地獄』での表記である。

饐えた臓腑のあかい帆を張り　凧海峡
島は島ぶし　貝の柱に刃先入れ
亡母貝掘る　らくだの背のやうな海面
藻にあばら　軟体（體）魚族巻き搦め
巌凍る　怒髪のうにを置き曝し
浪から上つた鯛の横縞　浪血走る
讃美歌や　足長くらげ掌にとろけ（砂に溶け）
大海のまんなか凹み　死魚孕む
化石にはりつく化石の胴躰（體）　浪まんだら
巌の断層　横貌刻み月の横貌
もう一漕ぎ　義足の指に藻を噛ませ
干河豚の身が透く万（萬）波　沖へ去り

※「俳句評論」掲載時の表現及び表記は（　）に入れた。

抜手切る　亀（龜）よ　落暉は沖で待つ

昭和三十四年から鷹女が多用しはじめた一字空きの手法であるが、発表誌を比較対照すると後から空白を入れたことがわかる。赤黄男のように内にあるイメージを結晶させるのに必然的に空白を置いたというより、切れの部分をより強調するために一字空きにしているように思える。空白が置かれた位置は上五の後か中七の切れ目に多く、最後の句をのぞき一字空きの部分は一箇所である。

私は『羊歯地獄』で最初の句を読んだとき、「饐えた臓腑の赤い帆を張り」と、一気にイメージを広げながらも、長い沈黙のときを経て「凩海峡」という言葉にたどり着いたと思っていたのだがそうではないようだ。空白を入れたことで、読みに与える変化はあるだろうが、鷹女自身の俳句の方法論から出てきた空白ではないように思われる。

現代俳句協会で行われた高原耕治による学習会(多行形式の発生—存在の∧空性∨を巡って)に参加して聞いたところによると富沢赤黄男が戦後初めて一字空白を駆使した作品は『太陽系』昭和二十二年だという。高柳重信も一行形式の中で空白を駆使しているが、その後多行形式へ移行していったらしい。事実二人の作品の変化を追ってゆくと、彼らの思考過程と表現形式と不可分に結びついての一字空きであったことが高原の説明を聞いてよくわかった。

例えば赤黄男など「天の狼」時代から一字空きの表記はあるが（「旗艦」の発表時に一字空きでない句も先行の作品に空白を入れて推敲することはあったようだが）、彼にとって空白は切れ以上に強力な装置でなければならなかった。それはやがて、改行や形式の変形に繋がる端緒となるものであった。その点から言えば鷹女の空白はなぜこの形式なのかという問いに対し、あまりに無防備なように思う。空白の在る無しによって上下の関係性が変わるほどの必然性のある作品は多いとはいえない。事実、鷹女は昭和三十四、三十五年を限りにこの表記を使っていない。

だが、然し、私の「薔薇」参加後、三年を満たずして富沢さんの姿は此処に見られなくなつた。バッタリ書かなくなつた富沢さんを、私は或る時は憎んでゐたかも知れなかつた。いゝえ限りなく愛してゐた私であつたかも知れない気がする――。

（「最後の訪問」昭和三十七年六月「俳句評論」所載）

鷹女がこの時期にこの表記を使い始めたのは「バッタリ書かなくなった」赤黄男に挑み、鼓舞する目的もあったかもしれない。それればかりではなく一拍休止を置くことで意識的に禍々しい世界を呼び込もうとする試みに磨きをかけ、より強烈に自身の内部でイメージを増幅させようとしたのだろう。鷹女が自分の内部へ沈潜してゆく過程を表すのにこの手法が必要だっただろう。

『羊歯地獄』

独自の幻想的世界を描き出したように思える鷹女の句について、例えば安井浩司などは実際に鷹女の家に羊歯が植えられて、薔薇があり、彼女の句が独自の言語空間として創造されたのではなく、現実の日常と結びついたところから発想され、案外身近なところに着地してしまう点について不満を述べている。

> 薔薇があり羊歯がある。地獄があり詩法がある。それは、それでよい。だが、方法的人間とはもうひとつ羊歯や地獄と断絶したところに在ることではないか。そういう存在の直喩性を超えたところから始まることではないか。――中略――　何のことはない。羊歯地獄とは鷹女自身の謂ではなかったか。
>
> （安井浩司「鷹女とは」）

確かに安井の言うように、「羊歯地獄とは鷹女自身の謂」であったのかもしれない。鷹女は自身の感情や感覚を、相対化しない。彼女にとって自分が直に感受したことは絶対である。痛みによって、自分の孤独を追い詰めることによって俳句を書く。その点については前回引用した川本茂樹の評が当たっているように思う。「彼女が語るのはもっとも身近な生活的な『こと』にしか過ぎない。断片的な些事を通じて秩序が確立されてゆく。彼女の苦悩は妥協を許さない。彼女には弛緩がない。これが鷹女を多忙にし、病身にし、且つその俳句を成立させる」というくだりだ。

鷹女が移転したときに息子陽一が丹精した薔薇はことごとく枯れてしまった。鷹女は羊歯の増殖する家に閉じこもり、老いを重ねてゆく。日々女を失ってゆくことと来るべき死への不安と孤独が彼女の喉元を締め上げる。俳句を生み出す契機は鷹女が暮らす日常であり、環境であったかもしれないが、鷹女の言葉が捉える幻視は川本が評する「身近な」「生活的なこと」を超えようともがく。「饐えた臓腑」の三角の帆を張り、日常と異次元にある海へ漕ぎ出すことになる。言葉でリアリティを獲得すべきそこを基点に広がる光景。駱駝の背のように曲がった海面、掌にとろける海月。おぞましく呪われたイメージを言葉で描き出す。

身体の弱い彼女は家事の合間にベッドに横になりつつ、俳句を書き留める。句帳は常に周辺にあり、ともに暮らしていた嫁の絢子さんによると、突き詰めた顔で始終俳句を考えていたそうである。鷹女は執拗に自分の内部を覗き込み、自分をおびやかす不安を容赦なく言葉でめくりあげてゆく。

描き出された「海峡」の句を読み返すと一句、一句がシュールレアリズムの映画のショットのように感じられる。それは今まで誰も描くことのできなかった光景であるとともに覗き見たとたん目をそらしたくなるグロテスクなものである。今まで誰がこんな光景を俳句で描こうとしただろう。幻想に力を与えているのは彼女自身の孤独と不安の切実さであろう。

雪をよぶ　片身の白き生き鰈

鰈は腹の部分が白いがこの片身とは腹の部分をさしているのだろうか。鰈は砂の中に身を隠しているのが通常だから、身を起こせば海中で砂が舞い上がる、その景色は容易に雪が舞い上がる景色をも想像させるが、それなら、わざわざ生き鰈と限定することはないだろう私には片身をはがれて水中にある魚が思われてならない。生きながら白い片身をさらしている。その痛みが雪を呼び寄せているのだろう。

候鳥や　折れた片翼頸に吊り

候鳥であるから渡りをするのだろうが、羽根の折れた鳥は死ぬしかない。しかもその折れた翼で縊れているとも思える。飛べない閉塞感に残酷な死に様が追い打ちをかける。

墜ちてゆく　炎ゆる夕日を股挟み

この句などには死と隣りあわせの激しいエロスとエネルギーを感じる。炎える夕日を股挟みにするのは「元始女性は太陽であった」の言葉どおり女で、まるで暴れ狂う牛を統御するかのように抑えつけ、落ちてゆく夕日に自らも焼かれながら消えてゆくのだ。女が女としての性を終わる。その女の終焉を沈む太陽もろとも沈めてしまおうとするのだから、凄まじい。一直線に女のエロスが表現されている。「墜ちる」、「炎える」、「股挟み」たたみかけてくる言葉の激しさは読み手を焦がさんばかりに迫ってくる。自分もろとも股挟みに夕日を沈ませて闇を呼び込むのだ。上五の一字空きがなければ、墜ちてゆくがすぐあとの「夕日」の形容になってしまう。夕日は落ちてゆくものだけど、墜ちてゆくのは、股挟みしている主体でなければならない。その情感を強調する意味でもこの空白の有り無しの違いは大きい。

『羊歯地獄』にはこの句のように性の衝動や女の生臭さを感じさせる句がときおり見られる。

遠ちに憎形木蓮ぐぐと花開く

てのひらに蜂を歩ませ歓喜仏

花火待つ花火の闇に脚突き挿し

羊歯地獄　掌地獄　共に飢ゑ

一面に広がる羊歯。羊歯は原始的な植物であり、胞子を飛ばし無限に増殖してゆく植物。掌。そこは自己に限定された場所。羊歯地獄、と呟きじっと見つめる掌にかぶせて掌地獄と呟く。そのあと飢えているのは羊歯の増殖にまかせて見えなくなる地面であり、死ぬまで限定された自分の掌であるのだろう。なにものかに飢えているのがその掌を持つ自分自身であることは彼女にとっては自明のことだったのだろう。

氷上に卵逆立つ　うみたて卵

卵はとがったほうが上なのだろうか。その卵が氷の上に逆立ちになっているのである。深刻ぶるより何だかおかしみがこみあげてくるが、鷹女は笑わない。真剣さが煮詰まるとおかしくなるのに。鷹女の作句姿勢はいよいよ真剣である。
逆立つのは浪ではなく卵。その卵はまだ暖かい体内から出たばかりの「うみたて卵」が氷上に置き去りにされているのだ。うみたてとわざわざ限定したのは、「うみたて」の温かみを「氷上」で消したかったからだろうか。意味を説いてゆくと陳腐になってしまう。ただ氷上に置き去りされた卵が立っている不思議な景を心に刻みつけたい。

鷹女が表現しようとしたのは、女の情念や妄執のようなものだったろうが、このように自身の内部を隅々まで覗き込んで俳句で表現しようとすることはある意味不毛で、危険なことなのだろう。俳句は読み手の想像にまかせる曖昧な部分があって、それが「読み」と称する鑑賞行為の成り立つ領域なのかもしれない。その余地を残さず自分をさらしだし、追い詰めてゆくこんな俳句は作り手にも読み手にもしんどい。季語を核とせず、自身を自虐的に追い詰めることでリアリティを確保しようとした鷹女は俳句の持つ曖昧な部分を真っ向からそぎ落としていった。

さっきの真剣さの度が超すと思わずおかしい、といった部分であるが。例えば私は次のような句にそれを感じる。

植田しやつくり植田の左右に植田ゐて
頭上一箇の木瓜の実に犬考へる
蘖ゆる　切断局部微熱もち
のぞきからくり　信玄袋に氷菓入れ

青々として苗を植えた田んぼがしゃっくりをしている様子や木瓜の下にいる犬が木瓜の実を真剣に見上げている表情や、切り取られた局部から若葉が萌え出る様子、信玄袋に氷菓を入れて。大丈夫かしらと時々覗いている表情など想像するだけでおかしいし、そんな様子を句にすることになんとも言えぬ諧謔を感じてしまう。

しかし鷹女にしてみれば、ユーモアどころか真剣そのもので「おかしい」なんて評すると叱られてしまいそうである。その真剣さが鷹女の持ち味なのだろうが、彼女が才覚とともに有していた機知と諧謔が鷹女の老年にもっと生かされればよかったのにと思う。例えば。全集に収録されている「鬣」というエッセイの最後に次のようなくだりがある。

眼前の入道雲が恋人のやうに頼もしい・日向葵(ママ)のさんばいを食べたら空を飛べる強靭な翅が生えはしないか。乳母車に乗つてマニラへ行きたい。取りすましたヤツの横つぺたをピシヤリとやつたら清々するだらう、なんぞと頭の中がいそがわしい。

「優れた俳人は荒廃する」とは高柳の言ではあるが食うもののなくなった俳句形式は最後には作者を食ってしまう。作者独自の文体にたどりついた途端それは型となり枷となり、作り手を拘束しだす。彼女は逃げ道を用意しようとしなかった。せめて生真面目さの果てにある自身のユーモアを生かして欲しかった。その過激さにおいて鷹女は、沈黙するまで俳句形式を突き詰めていった赤黄男と似ておりその意味で高柳は赤黄男の後継者は自分ではなく鷹女だと前回の座談会で語っていたのだろう。

※

『羊歯地獄』発刊当時の書評などを探したが「俳句評論」でさえ昭和三十六年十月の津久井理一の「羊歯地獄寸感」があるのみ。それもほとんどが作品ではなくて彼女の人となりを述べる文章で、句については一句として鑑賞さえ試みていない。鷹女の印象について次のような記述があるのが気になる。

鷹女という、不思議なひびきをもった名前は、古くから知っていた。小野蕪子の「鶏頭陣」という雑誌が、本富士署の保護室の備えつけであつたからだ。その室の思想善導の役目をもった、かずかずの書物のなかにあった「鶏頭陣」、そのなかの作家三橋鷹女という巴御前のように颯爽とした女武者ぶりに、私はぎよっとした。そのころ私は要視察人で、月のうち数回、居所を届け出なければならぬような生活をしていた。

津久井氏は新興俳句弾圧事件のときに弾圧を受けたのだろうか。その黒幕とささやかれる小野蕪子の後ろ盾を受けて活躍していた鷹女に対して複雑な感情を持っていたことを綴っている。その延長線上に鷹女を見てしまう自分を自戒しつつ、『羊歯地獄』を読んだときのとまどいについて次のように語っている。

句集『羊歯地獄』はまことに複雑な句集である。それは鷹女の生きた時代が複雑でありその生活経験もまた複雑であつたためであろうが、なによりも鷹女という強く頑固な個性が作用して、読者を右往左往させるようだ。俳句が邪魔になつて鷹女が見えないもどかしさも感じれば、鷹女が邪魔になつて俳句が見えないということもある。

抽出された句も羊歯地獄、をテーマとする六句にとどまり、個々の句の評はつけられていない。「俳句評論」でさえこうなのだからほかの結社誌、総合誌などは推して知るべし。「俳句」に楠本憲吉の書評が掲載された程度だろうか。

鷹女の連載を「船団」に連載をしているときに右のように書き綴ったのだが、それを読んだ

「紫」主宰の山崎十生さんより昭和三十六年「紫」九月号に掲載された関口比良男氏の「三橋鷹女の姿勢」という評論を送っていただいた。その文章中『羊歯地獄』について次のように評されている。

ここ（『羊歯地獄』）に盛られた十年間の労作を通して感じられることは、第一に極めて感性的であって、観念の直接表現かと思われるものが極めて稀少であるということである。
—中略—　第二に鷹女さんの作品には、モチーフとしての観念性が認められることである。もちろんその観念は、さして知的な複雑さに充ちているというわけではなく、むしろ東洋的な境涯観のようなものが随所にみられるけれども、きれいな感性処理の背後に、人間として、あるいは時に女性として、苦しみながら今日まで歩んで来られたさまざまの体験の集積から醸し出される、どっしりとした人生観が大きな力となって作品の面に滲み出し、それが読者の心胸に突き刺さってくるということである。

そして七句を揚げ、「これに一々理屈をつけて鑑賞する必要はないし、それは反って作者を冒瀆することになるかと思う」と述べている。個々の句の評を付けなかった津久井氏も同じような考えであったかもしれない。句を評しようとすれば鷹女に突き当たり、生き方や性格を押し出してしまう、作者と作品を分けて句を鑑賞するにはなかなか難しい句集であったようだ。そのことも鷹女は充分予想していただろうことはあとがきを読むとわかる。その中で、自分は他人からみれば笑止の沙汰である一粒の「薬」を創り出すことに心を傾けてきた。と述べる。

練り上げ、やうやくにして練り固めた鈍銀色のこの薬を、私はもう間もなく、誰もゐない処で、こつそり噛み下さうとしてゐる。私だけが飲む薬、私だけに効く薬！かうした念願をかけて創り上げたものではあるけど、飲み下した後で、果たしてどれだけの効果をあげる事が出来るだらうか──。

『羊歯地獄』は何より鷹女が自身の変革のための骨身を削った実験の結果であったといえるだろう。回りの評価なんぞは最初から鷹女の期待するところではなかった。

貧しい私の仕事に、常に温かな瞳を注いで下さつた方々に、この一集を贈つて感謝のしるしとしたく、御一読の上この仕事の過程など汲み取つていただければ倖である。

あとがきのこのくだりが『羊歯地獄』の全てを語っている。

鷹女夫妻

第八章　第五句集『橅』

昭和三十六年。『羊歯地獄』を上梓したあとの鷹女を鷹女が作成し「俳句研究」三橋鷹女特集号に掲載された年譜で追ってみよう。

昭和四十年に長男陽一が会社よりニューヨーク駐在員として三年間の渡米を命ぜられ、羽田を出発とあるが、この年号は細い鉛筆の書き込みで三十八年二月。陽一の帰国も四十二年から四十一年五月と訂正が入っている。私がコピーをとった年譜の原本は三橋家から成田図書館に寄贈された一冊で誤字や記憶違いに関する訂正書き込みはあとから記憶違いに気づいた鷹女自身の手でなされたのだろう。全集などでは訂正通りの記載になっている

陽一出発の直後から病気がちになり胃下垂により慢性胃炎のため入院治療。俳句も空白が続くとある。自分の全てを注ぎこんだ『羊歯地獄』の発刊以後鷹女は精根ともに尽き果てた状態

になっていた。

　この年鷹女はすでに六十代の半ばを越えようとしている。もともと病弱なうえに無理のできない身体、長年の労苦が彼女の身体を疲弊させていた。しかも限りなく愛し頼りにしていた一人息子の陽一が遠いアメリカに赴任してしまったのだから、心細さはこのうえもなかったろう。当時は海外渡航がようやく自由になった時代。今のように太平洋を簡単に行き来ができるわけもなく、渡航は限られた一部の人たちができる特別の経験だった。連絡をとるのもなかなかだったろう。老夫婦二人で営む生活に自分の病が加わり何かと不安な日々を鷹女は送っていた。昭和四十一年に陽一が帰国するまでに息子が愛培した庭内百種にあまる薔薇は主の留守にほとんど枯れ、庭内は色彩を失い、「日本羊歯の会」会員でもある夫が植えた羊歯がますます繁殖し、羊歯国の様相を呈するようになったことが記載されている。

　そして昭和四十二年、病気で入院、「俳句評論」の同人を辞して俳句の空白状態が続いていたが、陽一が帰国する前あたりから鷹女はぼつぼつ句を発表し始めた。

　「俳句評論」（昭和四十年十月発行七巻六号）発表句二十八句。題名は昭和四十五年刊行の最終句集『樵』の冒頭と同じく「追悼篇」と題されている。発表句のうち十五句が句集に収録されている。

いまは老い蟇は祠をあとにせり
河が光つて夜はねむれぬ唐辛子
青沼となる青い野の青すみれ
沖近くなる痩身のかざぐるま
囀や海の平らを死者歩く

（※「俳句評論」表記は風車）

この「追悼」とは何を追悼しているのだろう。いよいよ自分の生涯も最後にさしかかっているのを意識しているのか、鷹女にとって追悼すべきは亡くなった父母であり自らの過去であり、生活をともにした人々でもあったろう。

自虐をもつて生き抜くことの苦悩の底から、しあはせを掴みとりながら長い歳月を費やして来た私の過去であつた―。

これからの私は〝自愛〟を専らに生きながらへることの容易からざる思ひにこころを砕きながら、日月の流れに添うて、どのやうなところに流れ着くことであらうか―。

『樵』の序文には自分との飽くなき戦いを「自虐」と規定し、すみずみまで自分を監視せずにはおられない彼女にとっては困難な「自愛」を心がけたいと表明している。『羊歯地獄』が俳句形式との戦いを主とした「動」の句集であるならこの句集はその後から湧き出る言葉をいとしく掬い取った「静」の句集といえそうだ。

先ほど掲げた句には『羊歯地獄』の切羽詰った激しさとは違う雰囲気が感じられる。「蟇」も「唐辛子」も「青すみれ」も「かざぐるま」も老いた鷹女の化身であろう。祠をあとにした蟇は住みどころなくさすらい死ぬしかないだろうし、沖近く激しい風にくるくると回る風車は死への不安にさいなまれる焦燥感のあらわれかもしれないが、『羊歯地獄』で繰り返し描かれた自己主張の激しさは影をひそめ、「老い」や「死」を避けられぬ運命を受け入れるあきらめが感じられる。

囀や海の平らを死者歩く

この句については歌人の塚本邦雄が『百句燦燦』の中で次のように評している。

水上を歩むのはイエスではなかつた。勿論知盛であるはずもない。不特定の単数または複数の死者であり、作者自身もその一人となる運命にあつた。早春のまだ冷やかな凪の海に

反魂の儀を試みる心ばへは流石である。精霊流しなる夏の季題を春に転じ彼女一流の反世
界を描いて見せたのである

この文に引き続き、晩年の彼女の句は「巫女の呪詞に似た禍禍しさに満ちてゐる」としめくくっている。確かにおろかな人々の揶揄に信仰の証として水の上を歩いてみせるイエスの確信に満ちた行為と違って、海上をゆく死者の歩みは薄暗く侘しい。彼我を越えゆく海を歩く無数の死者の群れの一人となって海上を歩いてゆく自分自身をまだ生きている鷹女が描いていると考えると、いっそう恐ろしい。

「死」は誰にとっても未知の恐怖である。いつ訪れるかわからない「死」への漠然とした不安はあっても直面するまでは、明日へ明日へと先送りしてやり過ごしているのが日常ではないか。そんな日常に存在する「死」を句でひとつひとつ確認しているような鷹女の句はやはり「自愛」ではなく「自虐」ではないか。執拗なまでに自分の死を見つめ続けた彼女は結果的にあの世とこの世を自由に往来し、交信する能力を会得したのかもしれない。塚本評するところの「巫女の呪詞」である。『羊歯地獄』を経て鷹女のあの世への幻視は凄みを増してゆく。これらの句と比較すると『白骨』で捉えた「白露や死んでゆく日も帯締めて」の「死」は観念で美しく脚色され、若さによる艶があるように思える。

昭和四十一年三月発表三十二句。昭和四十二年一月発表二十八句、昭和四十二年「俳句評論創刊十周記念号」十五句など、陽一の帰国のあと、体調も回復したのか堰を切ったように鷹女は「俳句評論」へ句を発表し始めた。発表句の題名は「追悼篇」で統一され、それらの句をもとに第五句集『橅』の「追悼編」は構成されている。

こめかみに土筆が萌えて児が摘めり
あす覚める眠りかみがく桃色ひづめ
死ぬも生きるもかちあふ者の皿小鉢
(死ぬも生きるもかちあふ音の皿小鉢→『橅』収録)　(「俳句評論」昭和四十一年三月)

「あす覚める眠りか」は反語的に、覚めることのない眠りを同時に含んでいる。それでも桃色のひづめをみがいて眠りにつくのだ。皿や小鉢のかちあう音、肩を並べて飲食をしあう者同士、食べる行為に伴うその音は暮らしの音でもある。「死ぬも生きるも」の部分に自分が死んだあとも同じ家でその音は繰り返したてられる。死は消滅ではあるが、自分が死んだ後も世界は持続している。認めるには淋しいことであるが、自分が消えたあとの世界を見続ける鷹女がいる。生と死に境界を設けるのではなく、生の延長線上にある死、生と死の連続が感じられる。

昭和四十二年一月の発表句には鷹女の最終句集の題となるべき句も収録されている。

はるかな断き一本の櫖を抱き

（「俳句評論」昭和四十二年一月）

遠くから馬の断きが聞こえてくる。それを聞いている（自分）は櫖の幹に腕を回してしっかり抱いている。そのような情景だろうか。繰り返し読んでいるうちに鷹女自身が樹を抱きながら悲しげ断きをあげているようにも思える。何を呼んでいるのか。一本の樹をしっかり両手に抱いて、鷹女は最後の声をあげてみせたのだ。もう鷹女は自分が晩年にさしかかっていることをはっきりと意識している。

陽一の帰国後、句を発表しだした鷹女の発表の場は同人を辞したとはいえ「俳句評論」が中心だった。十周年記念号では、三橋敏雄、和田悟朗、中村苑子ら同人が鷹女の句を評している。『櫖』の追悼篇に収められた句には次のような句がある。

羊歯を掴んで老年羊歯となる谿間
老鶯や泪たまれば啼きにけり
老牛に道をゆづられ陽炎へり

一匹の蝶をとまらせ古びた白球
仰向いて雲の上ゆく落椿
巻貝死すあまたの夢を巻きのこし

「落椿」の句は入院中に作られたのだろうか、仰向けに寝ている天井の上を流れ雲。例えば川底に横たわって水面を流れてゆく椿を見ているような感覚だ。生と死が境界なく繋がって不思議な情景。蝶をとまらせるもう人からは忘れられた運動場の片隅に朽ちてゆく古びた白球。もう成長しない砂の中に横たわる貝。いずれの句にも『羊歯地獄』にあった激しい感情表現を託した言葉は見られない。

「羊歯」の創刊

何度かの入院に際して文章を発表しない鷹女には珍しく病床録が「天女花」と題されて「俳句評論」四十年八月号に発表されている。そこでは永田耕衣への親しさに満ちた文章が綴られると同時に「琴座」五月号を病床で読んでの印象が好意的感想として綴られている。

病状が少し良くなつて来ると、顔の上の白天井が急に重苦しく感じられやりきれなくなつて来た。手提鞄の中を覗くと、手廻り品に混つて「琴座五月号」が見出されたのを倖に、仰臥の儘頁をめくる。薄手の雑誌で胸の上にのせて読むに最適である。このやうに内容がすつきりと充実して愉しく読める雑誌が他にさうざらにあるものではあるまい。

—中略—

魂の据つたしかも瑞々しい老年の何人かが寄り集つて、うすつぺらで気の利いた雑誌を持つてみるのもおもしろいんぢやあないだろうか…等と思つた。

永田耕衣は「鹿火屋」「鶏頭陣」「紺」「俳句評論」と長年鷹女とぴったり同じ俳句遍歴を重ねた同好の志。年齢は一つ鷹女が上であるがほぼ同じ時代を生きてきた親しみは常に持ち続けていただろう。不思議なことに二人は鷹女が亡くなる三年前に東京日本橋の三越百貨店で開催された永田耕衣の書画展に鷹女が訪ねるまで一回も顔を合わせていない。関西と関東、と地理的に離れていたこと、と病弱の鷹女と会社勤めをしていた耕衣にその機会がなかったままでのことだろう。

鷹女が自分から俳人を訪ねるのは稀なことである。病身をおしてまで出かけたにもかかわらず二人は顔を合わせて差し向かいでアイスクリームを食べたきりほとんど言葉を交わすこともなかったという。最初で最後の出会いは淡々としたものだった。「積もる話があったはずであるが、ほとんど何も語らなかった。語らなかったことが、かえって多くを語ったことのような気がして、格別の心残りもなく、胸中まことにさわやかなものがあった」と昭和四十六年「俳句研究」の自筆年譜に書いている。

耕衣も鷹女も強烈な個性を、自分という人間をまるごと俳句に注ぎ込んでいた。会うのは初めてでもお互いの人間については俳句で了解済みであったろう。語らずとも「出会いは絶景」とする耕衣の言葉通りの邂逅であったろう。

少し話しが先走ってしまったが、先ほどの「琴座」に話を戻すと、少数精鋭と言っていいこの俳誌を眺めての憧れとこの呟きが具体化したのが、昭和四十四年、新興俳句運動で理論的支柱だった湊楊一郎からの同人誌を作らないか、という誘いだった。同人を辞したあとも「俳句評論」に句を発表は続けていた鷹女ではあったが、定期的に句を出せる小さな広場のような同人誌を作ってみたいというのはこの頃の鷹女の小さな願望だったのだろう。吉祥寺の鷹女宅に新雑誌発行のための会合が開かれ、夫も含め新雑誌に参加することが決定された。

この俳誌は「羊歯」と名づけられた。この俳誌名については昭和四十四年五月発行の第一巻第一号には次のような記載がある。

一、誌名は楊一郎氏があらかじめ書いて当日持参した三十ほどの候補名の中から、選ばれた。これについて鷹女さんから、『羊歯地獄』という自著があるので、自分の主宰誌のような印象を外部に与えはしないか、と意見が述べられた。しかし楊一郎氏と春嶺は『羊歯』がよい名称だから選ばれたので、対外的の考慮は必要ないのではないか、と言ったので鷹女さんが了解した。

二、会の名称を「羊歯の会」とする。誌名が「羊歯」だから「羊歯の会」がよかろうというので一決。その名の示すとおり同人制は採らず、会員制を採用することに決める。

三、会員は無所属の人十名以内で発足したい。

これらの会則の後に鷹女の編集後記として「貧弱だけれど、手をつないで愉しく、行けるところまで行くつもり。みんなが少しは勤勉になれるかも知れない」とある。文字通り仲間には「ゆさはり句会」の三村ふく子、浜華代子、などが加わり鷹女にとって安穏と心も身体も伸ばして句を出せる場であった。俳誌の編集は湊楊一郎の息子の嫁である歌人の久々湊盈子さんが担当された。総勢七名の小さな同人誌に鷹女は「自愛篇」と題した句を発表し始めた。

「羊歯」の参加と脱会

俳誌「羊歯」には湊楊一郎氏とともに新興俳句の拠点となった「句と評論」を創刊した藤田初巳氏も参加している。

今回も両者が中心になって編集を方向づけていったのだろうか。藤田氏から編集の方法を教わりながら実務をこなした久々湊さんはさぞタイヘンだったろう。一巻の遅刊もなく百号まで続いたという「羊歯」のバックナンバーはきちんと合本のうえ俳句文学館に保存されている。

「俳句評論」以外にも発表の場がほしいと自ら希望して参加した俳誌であったが、二号のあとがきに早くも次のような呟きを書きとめている。少し長いが、その後の鷹女の動静にかかわることなので全文引用してみたい。

発表誌をもつ、というだけの安易な気持ちで始まったのだが、一歩踏み出してみるとひとりのことでないだけに、そうやすやすとはゆかぬことに気づいた。みんなでやるという気楽な面と、気楽ならざる面とが交錯して、雲を摑むような漠漠たるものが覆いかぶさり、自分の心の統一がつかないでいる。しかし、健康のためにもあまり物事を考えないほうがよいと、自身に言い聞かせている。

毎月発行には無理な点のあることも予想されたので、隔月に……と申し出たが容れられなかった。それはとにかく、創刊号も見ないうちに第二号の準備に取りかかることは、闇のなかに泳ぎ出すような気がして、まことにおぼつかない。湊氏諒解を得て、私方に支部をおくことにしたのは、手ぢかな会員たちの切望もあり、今後なにかと連絡をとるのに好都合かと考えたからで、他意はない。

（「羊歯」第一巻第二号「後記」より）


「紺」「俳句評論」もそうだが、鷹女は女性俳句の選者などを引き受けても短期間のうちに辞退することが多かった。「ゆさはり句会」も諸般の事情があったとはいえ定期的に出席したのはある時期に集中している。これは私の憶測だが、鷹女の神経質で完璧さを求める性格を考えると、自分を欺きながら義務や義理で選句をしたり、妥協して句を作る自分を許せなかったのかもしれない。そうとは言っても、今月は句がないから出せない、と泣き言をこぼす会員を叱咤激励して出句させる場面も何度かあったようで、毎号はきついといいながらも鷹女は力の入った作品を毎月十句出し続けていた。「自愛篇」を書き上げることで自分の中で区切りがついたのか、鷹女は九号あとがきに武蔵野周辺の会員の連絡場所としておいていた「支部を解散」と明記。以後「羊歯」を脱会した。自筆年譜を見ると「考え方の相違により退会」とあるが、そのあたりの事情は私にはわからないし、推し量る必要もないだろう。ただ同好の士が集まってやってみても違いがわかれば離れるのは自然なことだし、それはそれで仕方のないことだったろう。

雪を掘り日をついばめり自愛の鴉

「羊歯」第一号冒頭に寄せられた句である。鴉は鷹女自身が投影されたものだろうが、モネの描いた雪の日の画面を思い起こされる情景である。厚い雪雲が切れて薄日の射し始めた雪の上を真っ黒な鴉が矢印のような足跡を散らしながら何かをついばみながら歩いている。それは鷹女が『橅』のあとがきに書いたように激しい雪の後、つかの間の休息のときであったかもしれない。

豪雪が歇んだあとの橅の梢から、雫がとめどなく落ち続ける――。止んだ、と思ふと、またおもひ出した様にぽとりぽとりと落ち続ける――。

豪雪が去ったあとの静けさ。それは鷹女の最終章にふさわしい「自愛」の幕開けだったかもしれない。それは前回述べたように鷹女にとって死後の場所から今いる自分を見返した風景であったろう。

優れた鷹女論を書いた飯島晴子はこの句集について次のように述べている。

『羊歯地獄』で鷹女は、人間としてはそこまで踏み込まないほうがよいところまで踏み込んでしまったようである。見るべきでないものを見てしまったあとの人間の時間は、どのように生きられるものなのであろうか。身を自然にまかせてあるがままに生きてきた女性と、鷹女のように、いつもあるがままのものを意識してこれに逆らってきた人とでは、老年の訪れかたやその様相がちがうものか。それとも、結局おなじような形でおなじようなところへ至りつくものなのか、それが作品の上にどういうふうに表れてくるものなのか。

正直なところ前述したように対象を見る視線に静かな「諦観」が感じられるものの、彼女にとって何が「自愛」なのか私にはわからない。自分を愛し甘やかしている部分など微塵も感じられないのだ。自己投影している対象も安らいでいるわけではない。どの句も言うに言われぬ寂しさを含んでいる。この世界に及んでも鷹女はつくづく悲観的であり、自分を見張る目を緩めることが出来ない人だ。鷹女が安らげるのは自らの美意識で作り出された世界だけではなかろうか。

昼は灯が消えて佇む絵らうそく（ママ）　※昼は灯が消えてたたずむ絵らふそく『樵』収録

鍵屋老い九月真紅の鍵作り

星出でてより向日葵は天の皿

枯羊歯を神かとおもふまでに痩せ

金銀の花する水を飼ひ殺し　※金銀の花ちる水を飼ひ殺し『樵』収録

鷹女は自分が最も得意とする世界を『羊歯地獄』で禁じ手として封じこめていた。自分の感覚でストレートに捉えるものが屈折や逆説を含まずそのまま表出する物足りなさを自分で感じていたからであろうか。自分の気の赴くままに句を作ればそれは自愛なのに、と思うが鷹女はそんな単純な満足感から遠く隔たった場所に来てしまったようだ。昭和四十五年「羊歯」を退会したのち鷹女は「俳句評論」に復帰。三月号の記念すべき一〇〇号に「浮寝抄」と題する作品を発表している。

洞窟に棲みかんむりの欲しい魚

くるるるるる音無谷の羊歯のうぶごゑ

ひれ伏して湖水を蒼くあをくせり

※

「羊歯」に発表した「自愛篇」で鷹女は全ての句を句集に収めているわけではないが、「俳句評論」に発表したこれらの句は全句『樵』に収められている。高柳重信の記述によると商業誌に送る句稿から「俳句評論」へ発表する句まで事前に全句重信に送り、そこから重信が選び出したものを中心に発表していたそうである。句会というフィルターを持たない鷹女にとって重信の選句眼は欠かせないものだったのだろう。ただ、重信の選を信頼しながらも、まるごとその意に従うのはプライドが許さなかったのか鷹女が発表したものを後からみると重信が落とした句でも自分がいいと思う句のいくつかをそのまま残してあったそうだ。

その選句について、鷹女晩年に電話で（その電話が重信への最後の電話になったそうだが）重信と句の良し悪しについて言い争いになった句がある。鷹女が執心した句で重信に疑問を投げかけられた後、「私ももうだめねぇ」とつくづくため息をついたという。その句については川名大が「俳句評論」一二八、一二九合併号で触れている。

東西南北いづこも濡れる濡れ桔梗

「三橋鷹女、遺作」として冒頭に収められた句である。川名はこの句について重信が告別式のあと俳句評論社に帰って語るのを聞きながら「三橋氏の思いが溢れ、そのため、やや俳句としての抑えを欠いて流れてしまう作品のように、ぼくはそのとき、耳でぼんやりと考えていた」と書き綴っている。

なぜ鷹女はこの句にそこまで執心したのだろう。この句に似た作りの句を鷹女は過去二回発表している。

雨風の濡れては乾き猫ぢやらし　『白骨』
鳥雲に濡れてはかわく反り梯子　『橅』

戦中、戦後をかいくぐって発表した句には天地を濡らしては乾く雨風の繰り返しに、猫じゃらしは凜と生え続けている。可憐にして強いこの草に鷹女自身の生き方が投影されているとも言える。

第二句では去りゆく鳥に、庭に忘れられた梯子は濡れて乾きながら反り続け、ついには罅の入った木目から干割れて朽ちてしまうだろう。そんな予感を含んだ句である。それが最後の重信と言い争いになった句は、びしょぬれの天地に抵抗することなくずぶぬれになってしまう桔梗に自分を投影している。鷹女には後がなかったのだろう。いったい何が鷹女に「わたしも、もう、だめねぇ」と言わしめたのか、重信が具体的なことを語っていないのでわからないが、この三句の変遷は、鷹女にとっては他人が思う以上に自分の句の揺れ具合を図るバロメーターだったのかもしれない。そのため息は、死を抱え込むことにより逆照射した晩年の世界を詠む試みをしていた自分が気弱になった寂しさであったろうか。

『櫛』は昭和四十五年に上梓され、重信が編集長を務める「俳句研究」は翌年三橋鷹女特集を組むことになる。鷹女は『櫛』上梓のあとに何度も入退院を繰り返し体力がだいぶ落ちてきていた。重信も鷹女の集大成の評価を生前のうちに定めたいという思いもあったのだろう。この特集号に掲載された評論の多くがのちの三橋鷹女全集に収録され、最後の力をふり絞って鷹女自身の年譜が作成されたことを思えば大きな成果だったろう。鷹女はこの特集号が組まれた一年後の昭和四十七年、四月七日にその生涯を閉じる。

エピローグ

寒満月こぶしをひらく赤ん坊

鷹女の最期の様子を吉祥寺の家で一緒に暮らしていた陽一氏の嫁の絢子さんよりお話を伺った。

三宅　鷹女さんは、体をいたわりながらも、とぎれとぎれに入院されてましたよね。

三橋　それはもう胃の調子がよくなかったから入院したりとかね。それでもちゃんとした身体の検査とかはしてないのよね。だからかもしれないけどね。昔から胃下垂はあって食欲はなくて、というのはありましたけどね。食べるのが苦手というのか。

三宅　ああ、やっぱり食は細かったんですか。

三橋　そう。

三宅　何か三十何キロしかなかったとか。

三橋　三十七キロぐらいね。

三宅　身長はどのくらいおありだったんですか。

三橋　一五七ぐらいですかね。

三宅　絢子さんは働いていらっしゃったからお孫さんは鷹女さんがみられたそうですね。

三橋　そう。近くの職場があったんですけどね。家に主婦が二人いてもなんですしね、それに経済的な事情ももちろんございましたけどね、私はあまり家事は得意じゃないんだから。父も開業やめたでしょう。二人で何とか見るからっていうことで、私はそのまま勤めていたわけよね。二人目ができたら辞めよう、って思っていたんだけど、その二人目ができなくってね、そのままずるずるとやってたんですよ。

三宅　じゃあ、二人目のお子さんができたときには仕事を辞められたのですか。

三橋　そう、でもそのときにはもう母が体を悪くしてね。四十七年ですからね。

三宅　そうですか、じゃあ、ほんとに晩年に近いころなんですね。

三橋　そう。

三宅　お孫さんへのしつけっていうのは厳しかったですか。

三橋　そうね、いつでも緊張されている方だから、子供のほうも緊張してしまうっていうのはありましたね。

三宅　じゃあ、絢子さんが家庭に戻られて、入れ替わるように鷹女さんが入院されたわけですね。

三橋　うーん、入院っていっても最初は調子がよくないからっていうことで、そんなに長いことは入院していないのよ。だから、そんなに病院で長く過ごしたっていうのではないんですけどね。それで、最後は三月二十一日でしたかね、調子が悪くなって、できたら先生呼んでっていう感じでね。その場ですぐ、先生呼んで近くの病院へ車で運んだんですけどね。

三宅　ああ、じゃあよっぽど悪くなって、二十一日に入院されてなくなられたのが八日ですよね。

三橋　そうそう、でもその前にちょっと手術したんですよ。でも、もうお手洗いにも自分でいけないし、袋ぶらさげて生活しなきゃいけない、そんな生活はもういいわ、っていうような気持ちが母の気持ちとしてあったんじゃないですかね。だから、生きる気をなくしてしまって、というのかそういうこともあったのかもしれないわね。だから、その手術して、その術後という感じで亡くなったんですけどね。

三宅 じゃあ、倒れるように入院なさって、その後は病院で寝たきりというのか、そのまま亡くなられたわけですか。

三橋 そうですね。

三宅 意識はおありになりました？

三橋 ああ、それはもう、最後まで。

鷹女のような人が最期まで意識があったのはある意味非情ではないか。絢子さんの話を聞いたとき直感的に思った。最後の最期まで鷹女は目を凝らしていたのだ。追悼号では鷹女の枕元に残されたノートから二十三句を発表している。それは鷹女が断念した「東西南北いづこも濡れる濡れ桔梗」から始まり、「寒満月こぶしをひらく赤ん坊」で終わっている。最期まで句を書き綴った鷹女の精神の強靭さには、脱帽するばかりである。

その作中鷹女は「千の虫鳴く一匹の狂ひ鳴き」と最期まで表現の突っ張りを緩めずにいるのだ。「骨透いて虫よ不眠の夜が来る」と最後から六句目を読めばこの虫は鷹女自身であることは自明であるが、死床に横たわり眠られぬ夜の焦燥感に身を焼きながらも鷹女は俳句を手放さなかった。最後まで自分の感情に流されることなく言葉で自分の世界を構築した。これだけ知性の抑制の効いた人はいなかったのでは、と最後の作品を読むと哀しくなる。たいていの人は間近にせまる死への恐怖と不安に自分を平衡に保つことさえ難しいだろう。

　鷹女追悼の特集号で永田耕衣は「真に惜しむべき人の死には、親しき生者たちに『死んではならぬ』と強く思わせる無限憂愁のエネルギーがある」と述べている。確かに惜しむべき人の死は終わりではない。「真に惜しむべき人」のため鷹女を語り継いだ人たちから、私は鷹女を知った。思いがけず俳縁をいただいた鷹女について考えた四年間、様々な方から資料や励ましの言葉をいただいた。拙い筆で書き綴った文章を読んでいただいた方々に感謝しつつ、私の「鷹女への旅」もこれで終了とする。

＊本書の表記は、漢字は現代通用体（必要に応じて原文通り）、仮名遣いは原文通りとしました。
（底本『三橋鷹女全集』立風書房）

三橋鷹女略年譜

三宅やよい編

明治三二年　一八九九年　十二月二十四日、三橋重郎兵衛、光の末子として千葉県成田市に生まれる。本名　たか。幼名文子

明治三八年　一九〇五年　成田幼稚園に入園

明治三九年　一九〇六年　成田小学校に入学

明治四五年　一九一二年　成田高等女学校に入学。

大正五年　一九一六年　同卒業。上京して次兄慶次郎の下宿に寄寓。兄の師事する与謝野晶子、若山牧水に私淑し、作歌にはげむ

大正一一年　一九二二年　三月、千葉県館山市那古病院経営、歯科医師の東謙三（俳号　剣三）と結婚。

大正一二年　一九二三年　一月、長男、陽一出生。九月一日関東大震災のため病院が倒壊。陽一を抱いたまま家屋の下敷きとなるが、数時間後に救出。

大正一三年　一九二四年　東京都下戸塚　早稲田大学近くへ転居。二月歯科医院を開業。

昭和元年　一九二六年　短歌より俳句に転向。夫、次兄とともに句作する。俳号　東文恵。

昭和三年　一九二八年　「王子俳句会」、「つるばみ吟社」（「鹿火屋」系）及び「雲母」系）を

昭和四年　一九二九年　知り入会。夫、近所の句友と自宅で句会「早稲田クワルテット句座」
昭和六年　一九九一年　原石鼎「鹿火屋」に入会。石鼎選の「東京日日新聞」の俳句欄へ投句。
昭和七年　一九三二年　三月、次兄慶次郎死去
昭和八年　一九三三年　一月、父重郎兵衛（文彦）死去。「鹿火屋」三月号より俳号を東
鷹子とする。
昭和九年　一九三四年　牛込に転居し自宅で月例句会を開く「牛込句会」。七月号より俳
号を東鷹女とする。
昭和一一年　一九三六年　「鹿火屋」退会。小野蕪子の「鶏頭陣」（剣三　同人）に出句。
同人誌「紺」の創刊に参加。女性欄の選を担当。（「紺」は二年で
廃刊）「俳句研究」十月号に「ひるがほと醜男」を発表。
昭和一三年　一九三八年　夫とともに「鶏頭陣」退会。
昭和一五年　一九四〇年　句集『向日葵』（三省堂）刊行。
昭和一六年　一九四一年　第二句集『魚の鰭』（甲鳥書林）刊行。
昭和一七年　一九四二年　東家を廃家。夫、長男陽一ともに三橋家を継ぐ。
昭和一九年　一九四四年　中支派遣部隊付主計将校として赴任の途に向う陽一を夫とともに
山口県下関港に見送る。
昭和二〇年　一九四五年　夫、謙三胃潰瘍に倒れる。
昭和二一年　一九四六年　二月息子陽一帰還。

昭和二四年　一九四九年　この頃日鉄鋼業（東京都新宿区四谷二の四）「ゆさはり句会」発足。十数年にわたり同社会議室で句会の指導、選句講評にあたる。
昭和二七年　一九五二年　吉祥寺に転居。第三句集『白骨』（鷹女句集刊行会）刊行。
昭和二八年　一九五三年　高柳重信の勧誘で富沢赤黄男主宰「薔薇」に同人参加。
昭和三三年　一九五八年　「薔薇」を発展解消した「俳句評論」に同人参加。
昭和三六年　一九六一年　富沢赤黄男　三月に死去。　一二月　第四句集『羊歯地獄』（俳句評論社）刊行。
昭和三八年　一九六三年　長男陽一、仕事のためニューヨーク駐在員として渡米。
昭和四十年　一九六五年　現代俳句協会より顧問の推挙を受けるがこれを辞退。
昭和四一年　一九六六年　慢性胃炎のため日赤病院に入院。療養のため俳句は空白状態が続く。現代俳句協会退会、「俳句評論」同人を辞す。六月、陽一帰国。
昭和四四年　一九六九年　湊楊一郎と同人誌「羊歯」を創刊。十号を以て同誌を退く。「俳句評論」に復帰して顧問となる。
昭和四五年　一九七〇年　胃腸障害のため入院。
昭和四六年　一九七一年　第五句集『樵』（俳句研究社）刊行。
二月、「俳句研究」二月号が「三橋鷹女特集」を編む。
昭和四七年　一九七二年　三月二十日激しい腹痛に襲われ自宅近くの西窪病院に入院、開腹手術を受けるが次第に体力衰え、四月七日死去。自宅にて告別式。

享年は満で数えて七二歳。五月、郷里の成田白髪庵にて葬儀を行い三橋家の墓に埋葬される。六月「俳句評論」三橋鷹女追悼号を特集。

※「俳句研究」（一九七一年二月号　年譜）、朝日文庫「現代俳句の世界⑪」略年譜、「三橋鷹女全集」　立風書房　参照。
一部改変にあたって『市民が語る成田の歴史』成田市叢書、川名大『昭和俳句の検証』を参照。

参考文献

『三橋鷹女全集』第一巻・第二巻　立風書房
現代俳句の世界11『橋本多佳子・三橋鷹女集』朝日新聞社
『現代俳句全集』第二巻　みすず書房　昭和三十三年
小川国彦『成田ゆかりの人物伝』平原社
市原善衛『成田の文学散歩』
広報「なりた」　成田歴史玉手箱　28回
『市民が語る成田の歴史』成田市叢書第二集・第三集
『鷹女たたずむ』三橋鷹女ブロンズ像建立記念誌
小島信夫『原石鼎—二百二十年目の風雅』河出書房新社
『原石鼎全句集』沖積舎
『高柳重信全集』立風書房
伊藤整『太平洋戦争日記』(1)　新潮社
高柳重信『現代俳句の軌跡』永田書房
川名大『新興俳句表現史論攷』桜楓社
川名大『昭和俳句　新詩精神の水脈』有精堂出版
川名大『モダン都市と現代俳句』沖積舎

川名大『昭和俳句の検証』笠間書院
小堺昭三『密告』（昭和俳句弾圧事件）ダイヤブックス
城山三郎『部長の大晩年』朝日新聞社
神田秀夫『神田秀夫論稿集5　現代俳句の台座』明治書院
仁平勝『俳句のモダン』　五柳書院
宗左近『さあ現代俳句へ』東京四季出版
現代俳句の世界16『富澤赤黄男・高屋窓秋・渡邊白泉集』朝日新聞社
村山古郷『昭和俳壇史』角川書店
塚本邦雄『百句燦燦』講談社
秦夕美『夢の棺』邑書林
わたなべじゅんこ『俳句の森の迷子かな』創風社出版
松下カロ『女神たち神馬たち少女たち』深夜叢書社
津沢マサ子『風のトルソー』深夜叢書社
中村裕『俳句鑑賞４５０番勝負』文春新書
『現代俳句ハンドブック』雄山閣
『現代俳句大事典』三省堂
『現代俳句キーワード辞典』立風書房
上野さち子『女性俳句の世界』岩波新書
『鑑賞　女性俳句の世界』第二巻　角川学芸出版
「俳句研究」　昭和十一年十月号

「俳句研究」　昭和十五年～十六年
「俳句研究」　昭和十六年八月号　十七年一月、七月号
「俳句研究」　昭和四十六年　二月「三橋鷹女」特集号
「女性俳句の系譜」ＮＨＫ人間講座（２００２年８～９月期）

俳誌
「鹿火屋」　昭和四年～昭和九年
「鶏頭陣」　昭和十一年　２、５、６、11号
「ゆさはり」創刊号～７号
「薔薇」　昭和二十七年～昭和三十二年
「俳句評論」昭和三十五年７月号～昭和四十七年６月号
「紫」昭和三十六年九月号
「羊歯」第１号～９号
「義父との歳月」久々湊盈子　「現代俳句」６月号（２００２年）

写真提供　三橋絢子
　　　　　山本侘介

あとがき

「鷹女への旅」は「船団」64号（二〇〇五年）から79号（二〇〇八年）まで十五回にわたって掲載した内容をリライトしたものです。

連れ合いの転勤とともに東京に居を定めたとき、坪内稔典氏より「鷹女について調べて書いてみませんか」と提案をいただきました。たまたま住むのに選んだ土地が鷹女が住んでいた吉祥寺から三十分もかからない距離にあることを知ったのは鷹女の俳句を読み始めてからでした。まったくゼロからのスタートでしたが、初めて成田を訪れたわたしに、成田のみなさんのご親切で少しずつ鷹女への道が見えてきました。

貴重な資料を提供してくださった成田市広報課ならびに成田図書館の職員の方々、鷹女像の建立に尽力なさった山本侘介さんには連載の初めから最後までお世話になりました。鷹女と生活をともにされた三橋絢子さんから聞き取りをさせていただき、家庭を大切にした鷹女の俳句が日々の暮らしの中でどのように形成されていったのかを知ることができました。また本の出版に際して貴重な写真を掲載する許可をいただきましたことに厚く御礼を申し上げます。

校正にあたっては「船団」会務委員の中原幸子さんに手伝っていただきました。

連載を終えたあと、本にまとめようと思いつつ、長い間原稿に手を付けることができないまま時が過ぎてしまいました。

私にとって鷹女の俳句は未だに近寄りがたい存在ですが、鷹女が旅の最後にたどり着いた不思議な静けさに満ちた言葉の地平をもう少し掘り下げられるのではないか。と最近考えはじめました。

老年への曲がり角を回って次の課題がようやく見えてきたということでしょうか。

本書はまだまだ不十分なものですが、未知なる一句を最後まで求め続けた鷹女へ近づく一歩となれば幸いです。

三宅やよい（みやけやよい）

「船団」副代表
現代俳句協会会員

1955年　神戸市生まれ
1997年　「船団の会」入会
2000年　第一句集『玩具帳』（蝸牛社）
2007年　第二句集『駱駝のあくび』（ふらんす堂）
2013年　『漱石東京百句』坪内稔典・三宅やよい編（創風社出版）

〒177-0052
東京都練馬区関町東1-28-12-204

装画　辻　憲　「森にて」（春）

鷹女への旅

2017年4月7日発行　　定価＊本体2000円＋税

著　者　三宅やよい
発行者　大早　友章
発行所　創風社出版

〒791-8068 愛媛県松山市みどりヶ丘9－8
TEL.089-953-3153 FAX.089-953-3103
振替 01630-7-14660 http://www.soufusha.jp/
印刷　㈱松栄印刷所　　製本　㈱永木製本

© 2017 Yayoi Miyake
ISBN 978-4-86037-245-3